CONRAD

Le Compagnon
secret

Traduction de l'anglais
et postface par
Bernard Hœpffner

Illustrations de
Ianna Andreadis

ÉDITIONS MILLE ET UNE NUITS

CONRAD
n° 65

Texte intégral
Nouvelle traduction.
Titre original : *The Secret Sharer*.

© Éditions Mille et une nuits, mai 1995
pour la traduction, la postface et les illustrations.
ISBN : 2-910233-89-8

Sommaire

CONRAD

Le Compagnon
secret

Le Compagnon secret

I

Sur ma droite s'alignaient des rangées de pieux de pêche qui ressemblaient à un mystérieux système de palissades de bambou à demi submergées, division incompréhensible du domaine des poissons tropicaux, d'aspect délabré, comme abandonné à jamais par quelque tribu de pêcheurs nomades qui serait partie à l'autre bout de l'océan ; car, aussi loin que portait le regard, il n'y avait pas un signe d'habitation humaine. Sur ma gauche, un groupe d'îlots arides, suggérant des murs de pierres, des tours et des forts en ruine, plongeait ses fondations dans une mer bleue qui elle-même paraissait solide, tant elle était calme et immobile à mes pieds ; même la traînée de lumière du soleil couchant brillait d'un éclat uni, sans ce scintillement frémissant qui indique une imperceptible ondulation. Et lorsque je tournai la tête pour jeter un dernier regard au remorqueur qui venait de nous laisser au mouillage au-delà de la barre, je vis que la ligne droite et plate du rivage rejoignait la mer stable, bord à bord, avec une parfaite et indécelable continuité, pour ne former qu'une unique surface mi-brune, mi-bleue sous le dôme immense du ciel. Conformes dans leur insignifiance aux îlots de la mer, deux petits bouquets d'arbres, de part et d'autre de la seule faille de l'impeccable jointure, marquaient l'embouchure du fleuve Menam que nous venions de quitter, étape préparatoire à notre voyage de retour ; et, très loin derrière à l'intérieur des terres, masse plus grande et plus élevée, le bosquet qui entoure la grande pagode de Paknam était la seule chose sur laquelle le regard pouvait se reposer après avoir vainement tenté d'explorer l'étendue monotone de l'horizon. Çà et là des lueurs semblables à quelques pièces d'argent éparses marquaient les méandres du grand fleuve ; et sur le plus proche, juste de l'autre côté de la barre, le remorqueur qui s'enfonçait dans les terres disparut de ma vue, coque, cheminée et mâts, comme si la terre impassible l'avait avalé sans effort, sans la moindre secousse. Mon œil suivit le léger nuage de sa fumée, tantôt ici, tantôt là, au-dessus de la plaine, selon les courbes tortueuses du cours d'eau, mais chaque fois plus ténu et plus lointain, jusqu'à ce que, pour finir, il disparût derrière la colline en forme de mitre de la grande pagode. Et je me retrouvai alors seul avec mon navire, ancré au fond du golfe du Siam.

Il flottait, au point de départ d'un long voyage, tout à fait immobile dans une immense immobilité, et le soleil couchant projetait l'ombre de son gréement loin vers l'est. En cet instant j'étais seul sur le pont. Pas un seul bruit n'en venait – et autour de nous rien ne bougeait, rien ne vivait, pas une barque sur l'eau, pas un oiseau dans l'air, pas un nuage dans le ciel. Pendant cette pause, ce moment en suspens au seuil d'une longue traversée, on eût dit que nous jaugions nos capacités à affronter une longue et difficile entreprise, la tâche allouée à nos deux existences et que nous devions accomplir loin de tous les regards humains, avec le ciel et la mer comme uniques spectateurs et seuls juges.

La réverbération de l'air avait sans doute troublé ma vision, car ce n'est qu'au moment où le soleil allait nous quitter que mes yeux vagabonds aperçurent derrière la plus haute crête du principal îlot du groupe quelque chose qui annihilait la solennité de cette parfaite solitude. Le flux des ténèbres se répandit rapidement ; et un essaim d'étoiles surgit au-dessus de la pénombre de la terre avec une soudaineté tropicale alors que je m'attardais encore, une main posée légèrement sur le bastingage de mon navire comme sur l'épaule d'un ami sûr. Mais, avec toute cette multitude de corps célestes là-haut qui vous fixaient du regard, le bien-être de cette paisible communion avec lui avait disparu pour de bon. Et des bruits se faisaient maintenant entendre, venaient me déranger – des voix, des pas à l'avant ; le steward arpentait vivement le pont principal, âme dispensatrice et besogneuse ; une cloche tintait avec insistance sous la dunette…

Je trouvai mes deux officiers m'attendant près de la table du dîner, dans la cabine arrière éclairée. Nous nous assîmes immédiatement et, pendant que je servais le second, je lui dis :

« Savez-vous qu'un navire est ancré au milieu des îles ? J'ai vu la pointe de ses mâts derrière la crête au coucher du soleil. »

Il leva brusquement son visage candide, envahi d'une terrible abondance de favoris, et proféra ses exclamations accoutumées : « Que Dieu me garde, capitaine ! Est-ce possible ! »

Le lieutenant était un jeune homme aux joues rondes, silencieux, à mon avis trop sérieux pour son âge ; mais nos regards s'étant croisés je décelai un léger frémissement sur ses lèvres. Je baissai aussitôt les yeux. Je n'étais pas là pour encourager les railleries à mon bord. Il faut dire, aussi, que je connaissais très mal mes officiers. Suite à certains événements qui n'avaient d'importance que pour moi, on m'avait donné le commandement du navire à peine quinze jours plus tôt. Et je ne savais pas grand-chose non plus des hommes du gaillard d'avant. Tous ces gens étaient ensemble depuis

dix-huit mois environ et ma situation était celle du seul
étranger à bord. Je mentionne ce fait parce qu'il a
quelque rapport avec ce qui va suivre. Mais je sentais
surtout à quel point j'étais étranger au navire ; et s'il
faut dire toute la vérité, j'étais quelque peu étranger à
moi-même. Enfin, étant le plus jeune à bord (à l'exception du lieutenant), et n'ayant encore jamais affronté
un poste aussi lourd en responsabilités, j'étais prêt à
tenir pour certaine la compétence des autres. Il leur
suffisait de s'acquitter de leurs tâches ; mais je me
demandais jusqu'à quel point je me montrerais fidèle à
cette conception idéale que chaque homme se fait, en
secret, de sa personnalité.

Pendant ce temps le second, avec la collaboration
presque manifeste de ses yeux ronds et de ses épouvan-
tables favoris, tentait de formuler une théorie au sujet
du navire à l'ancre. Le trait dominant de son caractère
consistait à tout prendre en considération avec sérieux.
Il avait une tournure d'esprit très consciencieuse.
Comme il avait l'habitude de le dire, il « se plaisait à
trouver une explication » pour pratiquement tout ce qui
se présentait à lui, jusqu'au pauvre scorpion qu'il avait
trouvé dans sa cabine une semaine auparavant. Le
pourquoi et le comment de ce scorpion – comment il
était arrivé à bord et pourquoi il avait adopté sa cabine
plutôt que l'office (pièce obscure, justement l'endroit

qu'aurait choisi un scorpion), et comment diable il était parvenu à se noyer dans l'encrier de son bureau – l'avaient infiniment préoccupé. Il était bien plus facile d'expliquer la présence du navire au milieu des îles ; et au moment où nous allions nous lever de table il donna son point de vue. Il s'agissait, il n'en doutait point, d'un navire récemment arrivé d'Europe. Il était probable que son tirant d'eau lui interdisait de passer la barre sauf lors des grandes marées. Il avait donc mouillé dans ce port naturel pour attendre quelques jours plutôt que de rester en rade ouverte.

« C'est bien ça, confirma le lieutenant, soudainement, de sa voix légèrement rauque. Ce navire jauge plus de vingt pieds d'eau. C'est la *Séphora*, de Liverpool, avec une cargaison de houille. Parti de Cardiff il y a cent vingt-trois jours. »

Nous le regardâmes avec surprise.

« Le patron du remorqueur me l'a dit quand il est monté à bord prendre votre courrier, capitaine, expliqua le jeune homme. Il pense lui faire remonter le fleuve après-demain. »

Nous ayant ainsi confondus par l'étendue de ses informations, il se glissa hors de la cabine. Le second fit remarquer avec regret qu'« il ne parvenait pas à s'expliquer les lubies de ce jeune homme ». Ce qui l'avait empêché de tout nous dire immédiatement, il aurait bien aimé le savoir.

Je le retins alors qu'il s'apprêtait à sortir. L'équipage avait dû travailler très dur les deux jours précédents, et avait très peu dormi la nuit d'avant. J'eus la pénible impression que moi – un étranger – je faisais quelque chose d'inhabituel en lui demandant de laisser tout l'équipage aller se coucher sans mettre de quart au mouillage. Je pensais rester moi-même sur le pont jusqu'aux environs d'une heure. Je me ferais relever par le lieutenant à ce moment-là.

« Il ira réveiller le cuisinier et le steward à quatre heures, avant de vous appeler, dis-je pour conclure. Naturellement, au moindre signe de vent, quel qu'il soit, tout l'équipage montera sur le pont et nous appareillerons sur-le-champ. »

Il dissimula sa surprise. « Très bien, capitaine. » Il sortit de la cabine arrière et passa la tête dans l'entre-bâillement de la porte du lieutenant pour lui faire part de ce caprice sans précédent : prendre un quart seul pendant cinq heures au mouillage. J'entendis l'autre élever la voix, incrédule – « Quoi ? Le capitaine en personne ? » Puis quelques chuchotements, une porte se ferma, puis une autre. Quelques instants après, je me rendis sur le pont.

Ma méconnaissance du navire, qui m'ôtait le sommeil, m'avait poussé à prendre cette décision si peu conventionnelle, comme si j'avais imaginé me familiariser, au cours de ces heures solitaires de la nuit, avec ce navire dont je ne savais rien, manœuvré par des hommes dont je ne savais pas beaucoup plus. Amarré le long d'un quai, jonché comme tout navire au port d'un fouillis d'objets de toutes sortes, envahi de terriens de toutes sortes, je n'avais pas vraiment pu l'observer avec attention. À présent qu'il était paré pour la mer, la superficie de son pont principal me semblait fort belle sous les étoiles. Très bel endroit, très spacieux pour la taille du navire, et très engageant. Je descendis de la dunette et parcourus l'embelle, me représentant en esprit la traversée prochaine de l'archipel de Malaisie, la descente de l'océan Indien, la remontée de l'Atlantique. Dans toutes ses phases, le voyage m'était assez familier, chaque particularité, toutes les éventualités auxquelles je pourrais me trouver confronté en haute mer – tout !… à l'exception de la responsabilité nouvelle du commandement. Mais je repris courage en me disant que vraisemblablement le navire était comme les autres navires, les hommes comme les autres hommes, et qu'il était peu probable que la mer me préparât des surprises particulières, uniquement pour ma déconfiture.

Parvenu à cette conclusion réconfortante, j'eus envie d'un cigare et descendis en chercher un. Tout était tranquille en bas. À l'arrière du bateau, tout le monde dormait profondément. Je remontai sur le gaillard d'arrière, tout à fait à l'aise dans mon pyjama par cette nuit tiède et sans vent, pieds nus, un cigare rougeoyant entre les dents et, me dirigeant vers la proue, me retrouvai dans le profond silence de l'avant du navire. À peine si, en passant devant la porte du gaillard, j'entendis le soupir profond, paisible et confiant d'un dormeur à l'intérieur. Et tout à coup je me réjouis de la grande sécurité de la mer, tellement différente de l'agitation de la terre ferme, d'avoir ainsi choisi cette vie sans tentations, dénuée de problèmes inquiétants, et que la rectitude absolue de son attrait et la probité de sa finalité paraient d'une beauté morale élémentaire.

Le fanal de mouillage dans le gréement avant brûlait d'une flamme claire, limpide et comme symbolique, confiante et vive dans les ténèbres mystérieuses de la nuit. Alors que je me dirigeais vers l'arrière par l'autre côté du navire, je remarquai que l'échelle de corde de la coupée, qu'on avait sans doute descendue à l'intention du patron du remorqueur lorsqu'il était venu chercher notre courrier, n'avait pas été remontée comme cela aurait dû être fait. J'en fus irrité, car l'exactitude dans les petites choses est l'âme même de la discipline. Puis, en y réfléchissant, je me rappelai que j'avais moi-même péremptoirement dégagé mes officiers de leurs obligations et que, puisque j'avais décidé de ne pas établir de quarts de mouillage officiels, rien n'avait été correctement rangé. Je me demandai s'il était jamais raisonnable de bouleverser la routine bien établie des tâches à accomplir, même pour de très bons motifs. Ma démarche m'avait peut-être fait paraître excentrique. Dieu seul sait comment ce second aux absurdes favoris allait « expliquer » ma conduite, et ce que tout le navire pensait de l'absence de formalisme de leur nouveau capitaine. Je m'en voulais beaucoup.

Ce ne fut certainement pas par remords mais, pour ainsi dire, machinalement, que je me décidai à haler moi-même l'échelle. Or une échelle de coupée comme celle-là n'est pas bien lourde et assez facile à amener ; pourtant, la traction vigoureuse qui aurait dû l'envoyer voler sur le pont fut renvoyée vers mon corps avec une secousse tout à fait inattendue. Que diable !... Je fus tellement surpris par la résistance de cette échelle que je restai cloué sur place, à la recherche d'une explication, comme cet imbécile de second. Pour finir, naturellement, je penchai la tête au-dessus du bastingage.

Le flanc du navire projetait une opaque ceinture d'ombre sur l'obscur miroitement vitreux de la mer. Mais je vis d'emblée quelque chose d'allongé et de pâle qui flottait tout près de l'échelle. Avant que j'aie pu hasarder une conjecture, un léger éclair de lumière phosphorescente, qui sembla brusquement émaner du corps nu d'un homme, vacilla dans l'eau dormante avec le chatoiement silencieux et fugitif d'un éclair de chaleur dans un ciel nocturne. J'eus le souffle coupé lorsque se révélèrent à mon regard deux pieds, deux longues jambes, un large dos livide immergé jusqu'au cou dans une lueur verdâtre et cadavérique. Une main, à fleur d'eau, était agrippée au dernier échelon. L'homme était entier à l'exception de la tête. Un cadavre sans tête ! Le cigare tomba de ma bouche ouverte avec un minuscule plof et un bref chuintement bien audibles dans le calme absolu de toutes choses sous les cieux. Ce fut sans doute ce bruit qui lui fit lever le visage vers moi, un ovale pâle et indistinct dans l'ombre du flanc du navire. Mais même alors j'eus peine à discerner en contrebas la forme d'une tête aux cheveux noirs. Cela suffit néanmoins pour me libérer de l'horrible sensation glaçante qui étreignait ma poitrine. Il était trop tard, aussi, pour une vaine exclamation. Je grimpai simplement sur l'espar de réserve pour me pencher le plus loin possible au-dessus du bastingage et rapprocher mon regard de ce mystère qui flottait contre notre bord.

Il était agrippé à l'échelle, comme un nageur qui se repose, et les éclairs de l'eau jouaient sur ses membres à chaque mouvement ; ce qui lui donnait un aspect affreux, argenté, de poisson. En outre, il restait aussi muet qu'un poisson. Il ne faisait aucun geste, non plus, pour sortir de l'eau. Il était inconcevable qu'il n'essayât pas de monter à bord, et étrangement troublant de soupçonner que, peut-être, il ne le désirait pas. Aussi mes premiers mots furent-ils dictés justement par cette incertitude troublante.

« Que se passe-t-il ?, demandai-je de mon ton de voix habituel, en direction du visage en contrebas, juste sous le mien, tourné vers moi.

— Crampe, répondit le visage, sans faire plus de bruit. Puis, légèrement inquiet : Dis, pas la peine d'appeler du monde.

— Je n'allais pas le faire.

— Tu es seul sur le pont ?

— Oui. »

J'avais vaguement l'impression qu'il était sur le point de lâcher l'échelle, de s'en aller à la nage et de disparaître de ma vue – aussi mystérieux qu'il était venu. Mais, pour le moment, cet être qui était apparu comme s'il venait du fond de la mer (certainement la terre la plus proche du navire) voulait seulement savoir l'heure. Je la lui donnai. Et lui, d'en bas, avec hésitation :

« Je suppose que ton capitaine est couché ?

— Je suis sûr que non », dis-je.

Il parut débattre avec lui-même, car j'entendis quelque chose comme le murmure indistinct et amer du doute. « À quoi bon ? » Les paroles suivantes étaient hésitantes, prononcées avec effort.

« Écoute, mon gars. Tu ne pourrais pas l'appeler discrètement ? »

Je pensai que le moment était venu de me déclarer.

« *Je* suis le capitaine. »

J'entendis un « Bigre ! » murmuré au niveau de l'eau. La phosphorescence jouait dans les remous de l'eau tout autour de ses membres, son autre main saisit l'échelle.

« Je m'appelle Leggatt. »

La voix était calme et résolue. Une bonne voix. Le contrôle que cet homme avait sur lui-même avait induit en moi un état d'esprit semblable. Ce fut avec calme que je fis remarquer :

« Vous devez être bon nageur.

— Oui. Il était au moins neuf heures quand je me suis mis à l'eau. La question qui se pose maintenant à moi est de savoir si je dois lâcher cette échelle et continuer à nager jusqu'à ce que je me noie d'épuisement, ou monter à bord ici. »

Je sentis qu'il ne s'agissait pas simplement d'une formule rhétorique désespérée, mais d'une alternative réelle, envisagée par une âme forte. J'aurais dû en déduire qu'il était jeune ; d'ailleurs, seuls les jeunes sont jamais confrontés à des choix aussi clairs. Mais sur le moment ce ne fut que pure intuition de ma part. Une mystérieuse communication s'était déjà établie entre nous deux – face à cette mer tropicale sombre et silencieuse. J'étais jeune, moi aussi ; suffisamment jeune pour ne pas faire de commentaire. L'homme dans l'eau se mit tout à coup à grimper à l'échelle, et je me hâtai de quitter le bastingage pour aller chercher des vêtements.

Avant d'entrer dans la cabine, je restai immobile, tendant l'oreille dans le vestibule au pied de l'escalier. Un léger ronflement traversait la porte fermée de la chambre du second. La porte du lieutenant était au crochet, mais l'obscurité à l'intérieur était totalement silencieuse. Lui aussi était jeune, capable de dormir comme une souche. Restait le steward, mais il était peu probable qu'il s'éveillât avant d'être appelé. Je pris un pyjama dans ma chambre et, de retour sur le pont, je vis l'homme nu venu de la mer assis sur le grand panneau d'écoutille, lueur blanche dans les ténèbres, les coudes sur les genoux et la tête entre les mains. Un instant lui suffit pour dissimuler son corps mouillé dans un pyjama rayé de gris comme le mien et il me suivit comme mon double sur la dunette. Ensemble, nous nous dirigeâmes vers la poupe, pieds nus, silencieux.

« De quoi s'agit-il ?, demandai-je d'une voix éteinte, prenant la lampe allumée dans l'habitacle et l'élevant jusqu'à son visage.

— Une sale affaire. »

Il avait des traits assez réguliers ; une bouche bien dessinée ; des yeux clairs sous des sourcils plutôt foncés et épais ; un front lisse, carré ; pas de barbe sur les joues ; une petite moustache brune et un menton rond, bien fait. À la lumière inquisitrice de la lampe que je tenais à hauteur de son visage, il avait une expression concentrée, méditative ; comme un homme solitaire absorbé par ses pensées. Mon pyjama était juste à sa taille. Un jeune homme bien bâti de vingt-cinq ans au plus. Il mordit sa lèvre inférieure du bout de ses dents blanches et régulières.

« Oui », dis-je en remettant la lampe dans l'habitacle. La nuit tropicale, chaude et lourde, se ferma une fois de plus sur sa tête.

« Il y a un navire là-bas, murmura-t-il.

— Oui, je sais. La *Séphora*. Vous saviez que nous étions ici ?

— N'en avais pas la moindre idée. J'en suis le second. Il s'arrêta et se corrigea : Je devrais dire j'*étais*.

— Ah-ah ! Un problème ?

— Oui. Un gros problème, en vérité. J'ai tué un homme.

— Que voulez-vous dire ? À l'instant ?

— Non, pendant la traversée. Cela fait des semaines. Par trente-neuf degrés sud. Quand je dis un homme…

— Un accès de colère », suggérai-je, sûr de moi.

La tête sombre, obscure, comme la mienne, sembla acquiescer imperceptiblement au-dessus du gris spectral de mon pyjama. C'était, dans la nuit, comme si je me retrouvais confronté à mon propre reflet dans les profondeurs d'un immense et sombre miroir.

« Ce n'est pas facile à avouer pour un garçon du *Conway*, murmura mon double, distinctement.

— Vous êtes un garçon du *Conway* ?

— Oui, dit-il, comme surpris. Puis, lentement : Peut-être que vous aussi... »

C'était vrai ; mais ayant deux ou trois années de plus que lui, j'avais quitté le navire-école avant son arrivée. Après que nous eûmes rapidement échangé quelques dates, un silence s'installa ; et je pensai tout à coup à mon absurde second, avec ses terrifiants favoris et à son intellect, du type « Que Dieu me garde – est-ce possible ! » Mon double me donna une idée de ce à quoi il pensait en disant : « Mon père est pasteur dans le Norfolk. Me voyez-vous devant un juge et un jury sous le coup d'une telle inculpation ? Quant à moi, je n'en vois pas la nécessité. Il y a des types qu'un ange céleste... Et je n'en suis pas un. C'était une de ces créatures qui ne cessent de couver une malfaisance plutôt idiote. De misérables diables qui n'ont pas la moindre raison d'exister. Il n'accomplissait pas sa tâche et empêchait tous les autres d'accomplir la leur. Mais à quoi bon en parler ! Vous connaissez certainement très bien ce genre de méchant roquet plein de hargne... »

Il faisait appel à moi comme si notre expérience avait été aussi identique que nos vêtements. Et je ne savais que trop bien quel danger pernicieux représente un tel personnage là où aucun moyen légal de répression n'existe. Et je savais aussi très bien que mon double, près de moi, n'était pas une brute homicide. Il ne me vint pas à l'esprit de lui demander des détails ; il me raconta sommairement l'histoire, en phrases brusques et décousues. Je n'avais pas besoin d'en savoir plus. Je voyais tout se dérouler comme si j'étais moi-même dans cet autre pyjama.

« C'est arrivé alors que nous mettions la misaine au bas ris, au crépuscule. Arriser la misaine ! Vous voyez le genre de gros temps. La seule voile que nous avions gardée pour faire avancer le navire ; vous pouvez donc vous douter de ce qui se passait depuis des jours. Un boulot assez périlleux. À l'écoute, il m'a infligé sa fichue insolence. Je vous assure que j'en avais assez de ce temps exécrable qui ne paraissait pas avoir de fin. Exécrable, je vous dis – et un navire à fort tirant d'eau. Je crois bien que le type était lui-même à moitié fou de trouille. Ce n'était pas le moment de lui faire poliment des reproches, alors je me suis retourné et je l'ai frappé comme on frappe un bœuf. Il se relève et se précipite sur moi. Nous nous sommes empoignés au moment où une immense lame venait déferler sur le navire. Tout l'équipage l'a vue venir et s'est précipité dans le gréement, mais je le tenais à la gorge, et je n'ai cessé de le secouer comme un rat, tandis que les hommes criaient d'en haut, « Attention ! attention ! » Puis un fracas comme si le ciel m'était tombé sur la tête. Pendant plus de dix minutes, paraît-il, on n'a presque plus rien vu du navire – juste les trois mâts, un bout du gaillard d'avant et un bout de la dunette, sous l'eau et avançant dans une masse d'écume. C'est un miracle qu'ils nous aient trouvés, coincés l'un contre l'autre derrière les bittes d'avant. Il était clair que j'étais résolu, car je le tenais encore à la gorge quand ils nous ont ramassés. Son visage était noir. C'en était trop pour eux. Il semble qu'ils nous aient traînés immédiatement à l'arrière, enlacés comme nous l'étions, en criant « Au meurtre ! » comme une bande de déments, et qu'ils aient débarqué dans la cabine arrière. Et le navire qui fonçait pour ne pas couler, toujours à deux doigts de le faire, chaque minute la dernière, dans une mer qui vous aurait donné des cheveux blancs rien qu'à la regarder. Je crois comprendre que le capitaine s'est lui aussi mis à délirer comme les autres. Cela faisait plus d'une semaine qu'il n'avait pas dormi, et se retrouver confronté à ça en plein milieu d'un ouragan furieux lui a presque fait perdre la tête. Je me demande pourquoi ils ne m'ont pas jeté par-dessus bord après avoir détaché la carcasse de leur précieux camarade d'entre mes doigts serrés. Ils ont eu un sacré mal à nous séparer, à ce qu'on m'a dit. La violence de cette histoire suffirait à réveiller un peu un vieux juge et un jury respectable. La première chose que j'ai entendue en revenant à moi était le hurlement terrifiant de cet ouragan sans fin, et en plus la voix du vieux. Il était agrippé à ma couchette, me fixant des yeux de derrière son suroît.

« Mr Leggatt, vous avez tué un homme. Vous ne pouvez plus demeurer second de ce navire. »

Ses efforts pour ne pas élever la voix la rendaient monotone. Il avait posé une main sur le bord de la claire-voie pour se tenir, et tout ce temps-là il n'avait bougé ni bras ni jambe, à ce que je voyais. « Joli récit pour un thé tranquille entre amis », dit-il pour conclure, sur le même ton.

Une de mes mains était également posée au bord de la claire-voie ; et moi non plus je n'avais bougé ni bras ni jambe, me semblait-il. Il n'y avait pas un pied de distance entre nous. Il me vint à l'esprit que si le vieux « Que Dieu me garde – est-ce possible ! » passait la tête par le capot de l'écoutille et nous apercevait, il penserait voir double, ou imaginerait avoir surpris une inquiétante scène de sorcellerie ; l'étrange capitaine s'entretenant paisiblement à la barre avec son propre spectre gris. Je commençai à m'inquiéter, je voulais éviter un tel incident. J'entendais le murmure apaisant de la voix de l'autre.

« Mon père est pasteur dans le Norfolk », disait cette voix. Il avait évidemment oublié qu'il m'avait déjà donné cette information importante. Vraiment une jolie petite histoire.

« Il vaudrait mieux que vous vous glissiez dans ma chambre à présent », lui dis-je en m'avançant à pas de loup. Mon double suivait mes mouvements ; nos pieds nus ne faisaient pas de bruit ; je le fis entrer, refermai soigneusement la porte et, après être allé réveiller le lieutenant, retournai sur le pont pour attendre la relève.

« Pas vraiment de signe d'un vent quelconque, fis-je remarquer lorsqu'il s'approcha.

— Non, capitaine. Pas vraiment. » Il acquiesça, encore ensommeillé, de sa voix rauque, avec le minimum de déférence, pas plus, tentant à peine de réprimer un bâillement.

« Eh bien, c'est tout ce que vous avez à surveiller. On vous a donné la consigne ?

— Oui, capitaine. »

J'arpentai un instant la dunette et, avant de descendre, je le vis prendre position, le visage vers la proue, un coude dans l'enfléchure du gréement d'artimon. Le léger ronflement du second continuait paisiblement. La lampe de la cabine arrière brûlait au-dessus de la table, sur laquelle était posé un vase de fleurs, une délicatesse du négociant qui avait approvisionné le navire – les dernières fleurs que nous verrions avant au moins trois mois. Deux régimes de bananes étaient accrochés symétriquement à la poutre, de part et d'autre du manchon de gouvernail. Tout était comme auparavant dans le navire – sauf que deux des pyjamas du capitaine étaient en service au même moment, l'un dans la cabine arrière, immobile, l'autre se tenant tranquille dans la chambre du capitaine.

Il faut que j'explique ici que ma chambre avait la forme d'un L majuscule et que la porte était dans l'angle, donnant sur le jambage court de la lettre. Il y avait un divan sur la gauche, la couchette sur la droite ; mon bureau et la table des chronomètres faisaient face à la porte. Mais quiconque l'ouvrait, à moins d'entrer franchement à l'intérieur, ne voyait rien de ce que j'appelle le jambage long (ou vertical) de la lettre. On y trouvait des coffres surmontés d'une bibliothèque ; et quelques vêtements, une ou deux vareuses épaisses, des casquettes, un suroît, et autres choses de ce genre, accrochées à des patères. Tout au bout de cette section s'ouvrait la porte de ma salle de bains, dans laquelle on pouvait aussi entrer directement depuis le salon. Mais personne n'entrait jamais par là.

Le mystérieux arrivant avait découvert les avantages de cette disposition particulière. En entrant dans ma chambre, qui était fortement éclairée par une grosse lampe de cloison suspendue à la cardan au-dessus de mon bureau, je ne le vis nulle part jusqu'à ce qu'il apparût silencieusement de derrière les manteaux accrochés dans le renfoncement.

« J'ai entendu quelqu'un marcher et je suis immédiatement entré ici », murmura-t-il.

Moi aussi, je lui parlai en sourdine.

« Il est peu probable que quelqu'un entre ici sans frapper et sans en avoir obtenu la permission. »

Il hocha la tête. Son visage était mince et le hâle avait disparu, comme s'il avait été malade. Ce n'était pas surprenant. Il avait été, comme il me l'apprit alors, mis aux arrêts dans sa cabine pendant près de sept semaines. Mais il n'y avait rien de maladif dans ses yeux ni dans l'expression de son visage. Il ne me ressemblait pas le moins du monde, en réalité ; pourtant, alors que nous nous tenions ainsi, penchés au-dessus de la couchette, murmurant, l'un à côté de l'autre, nos têtes sombres se touchant presque et le dos à la porte, quiconque aurait eu l'audace de l'ouvrir discrètement se serait trouvé devant le spectacle inquiétant d'un double capitaine, échangeant des chuchotements avec son autre moi.

« Mais tout cela ne m'explique pas comment vous en êtes venu à vous accrocher à notre échelle de coupée, lui dis-je dans le murmure à peine audible qui était le nôtre, après qu'il m'eut expliqué avec plus de détails ce qui était arrivé à bord de la *Séphora* une fois la tempête passée.

— Lorsque nous avons été en vue de la pointe de Java, j'avais eu le temps de réfléchir à tout cela nombre de fois. Pendant six semaines, je n'ai rien eu d'autre à faire, à peine une heure environ tous les soirs pour arpenter le gaillard d'arrière. »

Il chuchotait, les bras croisés sur le bord de ma couchette, regardant droit devant lui par le hublot ouvert. Et j'imaginais très bien sa manière de réfléchir – une opération obstinée, sinon méthodique ; chose dont j'aurais été tout à fait incapable.

« Je me suis dit qu'il ferait sombre avant que nous approchions de la côte, continua-t-il, si bas que je devais tendre l'oreille pour l'entendre, et pourtant nous étions tout près l'un de l'autre, presque épaule contre épaule. Alors j'ai demandé à parler au vieux. Venir me voir le rendait apparemment très malade — comme s'il lui était impossible de me regarder en face. Vous savez, cette misaine avait sauvé le navire. Il était trop profondément enfoncé dans l'eau pour fuir longtemps à sec de toile. Et c'est moi qui étais parvenu à l'établir pour lui. En tout cas, il est venu. Lorsqu'il s'est trouvé dans ma cabine – il est resté près de la porte, me regardant comme si j'avais déjà la corde au cou –, je lui ai demandé sans attendre de ne pas verrouiller ma porte la nuit où le navire serait dans le détroit de la

Sonde. Au large de la pointe d'Angiers, la côte de Java ne serait qu'à deux ou trois milles. Je ne demandais rien de plus. J'ai obtenu un prix de natation pendant ma deuxième année sur le *Conway*.

— Je n'ai aucun mal à le croire, dis-je dans un souffle.

— Dieu sait pourquoi ils m'enfermaient tous les soirs. À voir certains visages on aurait pu croire qu'ils avaient peur que j'aille étrangler les gens la nuit. Suis-je une brute meurtrière ? En ai-je l'air ? Crénom ! Si cela avait été le cas, jamais il n'aurait accepté d'entrer ainsi dans ma cabine. Vous me direz qu'une bourrade aurait suffi pour l'écarter et m'enfuir, à ce moment-là – il faisait déjà nuit. Eh bien, non. Et pour la même raison je n'aurais jamais pensé à enfoncer la porte. Au bruit ils se seraient précipités pour m'en empêcher, et je ne voulais pas me retrouver dans une satanée mêlée. Quelqu'un d'autre aurait pu être tué – car je ne me serais pas échappé pour qu'on me renferme dans ma cabine, et je ne voulais plus de ce genre d'affaire. Il refusa, l'air plus malade encore. Il avait peur de l'équipage, et aussi de son vieux lieutenant, avec qui il naviguait depuis des années – un vieil hypocrite grisonnant ; et son steward, aussi, qui était avec lui depuis Dieu sait combien de temps – dix-sept ans ou plus – une espèce de feignant dogmatique qui me haïssait comme la peste, simplement parce que j'étais le second. Aucun second n'a jamais fait plus d'un voyage sur la *Séphora*, vous savez. Ces deux vieillards dirigeaient le navire. Dieu seul sait de quoi le capitaine n'avait pas peur (ses nerfs l'avaient lâché au cours de cette infernale période de gros temps) – de ce que la justice ferait de lui – de sa femme, peut-être. Ah oui ! elle est à bord. Bien que je ne pense pas qu'elle s'en serait mêlée. Elle aurait été bien trop contente de me voir quitter le navire de quelque façon que ce soit. La "marque de Caïn", vous voyez le genre. Sans importance. J'étais tout à fait prêt à partir et à errer sur la terre – le prix était déjà suffisamment élevé pour un Abel comme lui. De toute façon, il n'a rien voulu entendre. "Il faut que tout cela suive son cours. Ici, je représente la loi." Il tremblait comme une feuille. "Alors, vous ne voulez pas ? – Non ! – J'espère bien que vous parviendrez à dormir là-dessus", lui ai-je dit, et je lui ai tourné le dos. "Je ne sais pas comment *vous*, vous y parvenez", cria-t-il, et il verrouilla la porte.

Eh bien, après ça, je ne suis pas parvenu à dormir. Pas très bien. C'était il y a trois semaines. Nous avons mis du temps à traverser la mer de Java ; nous avons dérivé dix jours au large de Carimata. Lorsque nous avons mouillé ici, ils ont pensé, je suppose, que tout allait bien. La terre la plus proche (à cinq milles) est le lieu de destination du navire ; le consul ne mettrait pas longtemps à me faire arrêter ; et il aurait été vain de fuir vers ces îlots là-bas. Je ne pense pas qu'on y trouve une seule goutte d'eau. Je ne sais pas comment cela s'est fait, mais à la nuit tombée, ce steward, après m'avoir apporté mon dîner, est sorti pour me laisser manger sans verrouiller la porte. Et j'ai mangé – je n'ai rien laissé. Après avoir terminé, je suis allé me promener sur le gaillard d'arrière. Je ne sais pas si j'avais l'idée de tenter quelque chose. Un peu d'air frais, je crois bien que je ne voulais rien de plus. Alors j'ai été brusquement assailli par une tentation. Je me suis débarrassé de mes pantoufles et je me suis trouvé dans l'eau avant d'avoir vraiment décidé de le faire. Ils m'ont entendu et ont fait un vacarme de tous les diables. "Il est parti ! Les embarcations à la mer ! Il s'est suicidé ! Non, le voilà qui nage." Évidemment que je nageais. Ce n'est pas facile pour un nageur comme moi de se suicider en se laissant couler. J'avais atteint l'îlot le plus proche avant que le canot ne se soit éloigné du navire. Je les entendais ramer dans le noir, héler, et ainsi de suite, mais au bout d'un moment ils ont abandonné. Tout est devenu tranquille et un silence de mort a envahi le mouillage. Je me suis assis sur une pierre et j'ai commencé à réfléchir. J'étais certain qu'ils allaient se mettre à ma recherche au lever du jour. Il n'y avait aucun endroit où se cacher au milieu de ces rochers – et s'il y en avait eu un, à quoi bon ? Mais à présent que j'avais quitté le navire, je n'allais pas y retourner. Donc, au bout d'un moment, j'ai enlevé tous mes vêtements, j'en ai fait un paquet avec une pierre dedans, et je les ai jetés dans l'eau profonde de l'autre côté de cet îlot. Pour moi, c'était bien suffisant, comme un suicide. Qu'ils pensent ce qu'ils veulent, mais je n'avais pas l'intention de me noyer. J'avais l'intention de nager jusqu'à l'épuisement – mais ce n'est pas la même chose. Je me suis dirigé vers une autre de ces petites îles, et c'est de là-bas que j'ai vu votre fanal de mouillage. Je pouvais nager dans un but précis. J'avançais sans grande difficulté, et en cours de route j'ai trouvé un rocher plat qui émergeait de la mer d'un pied ou deux. De jour, je ne doute pas que vous parveniez à le repérer de la dunette avec une longue-vue. J'ai grimpé dessus et je me suis reposé un moment. Puis je suis reparti. Cette dernière étape devait faire plus d'un mille. »

Son murmure était de plus en plus difficile à entendre, et tout ce temps-là il regardait fixement par le hublot, où pas une seule étoile n'était visible. Je ne l'avais pas interrompu. Il y avait quelque chose dans son récit, ou peut-être en lui-même, qui rendait tout commentaire impossible ; une sorte de sentiment, une qualité, pour laquelle je n'arrive pas à trouver de nom. Et lorsqu'il s'arrêta, tout ce que je trouvai à dire fut un murmure futile : « Vous avez donc nagé vers notre lumière ? »

« Oui – droit dessus. Elle servait de but à ma nage. Je ne pouvais voir aucune étoile basse parce que la côte faisait écran, et je ne voyais pas non plus la terre. L'eau était comme du verre. C'était comme de nager dans une satanée citerne de mille pieds de profondeur dont on ne peut sortir ; mais ce qui m'était déplaisant, c'était l'idée de nager en rond comme un taureau fou avant d'abandonner ; et comme je n'avais pas l'intention de revenir… Non. Vous me voyez ramené de force d'une de ces petites îles, nu comme un ver, traîné par la peau du cou et me débattant comme une bête sauvage ? Quelqu'un aurait certainement été tué, et je ne voulais pas de ça. Alors j'ai continué. Et puis votre échelle…

— Pourquoi n'avez-vous pas hélé le navire ? » demandai-je, un peu plus fort.

Il me toucha légèrement l'épaule. Des pas traînants vinrent s'arrêter juste au-dessus de nos têtes. Le lieutenant avait traversé la dunette et, pour autant que nous le sachions, se penchait par-dessus le bastingage.

Mon double me souffla dans l'oreille, inquiet : « Il n'a pas pu nous entendre parler – dites ? »

Son inquiétude était une réponse, une réponse suffisante, à la question que je lui avais posée. Une réponse qui exprimait toute la difficulté de la situation. Je fermai doucement le hublot, par sécurité. Un seul mot un peu plus fort aurait pu être entendu.

« Qui est-ce ? chuchota-t-il alors.

— Mon lieutenant. Mais je n'en sais pas plus que vous sur lui. »

Et je lui parlai un peu de moi. On m'avait désigné pour ce commandement alors que je ne m'y attendais absolument pas, moins de quinze jours plus tôt. Je ne connaissais ni le navire, ni les gens. N'avais pas eu le temps, au port, de regarder autour de moi ni de me faire une idée sur quiconque. Et quant aux membres de l'équipage, on leur avait dit que j'avais été nommé pour ramener le navire à son port d'attache. Pour le reste, j'étais presque autant un étranger à bord qu'il l'était lui-même, lui dis-je. Et à ce moment, je le sentais avec beaucoup d'acuité. Je sentais qu'il n'en faudrait pas beaucoup pour que je devienne suspect aux yeux de l'équipage.

Entre-temps, il s'était retourné ; et nous, les deux étrangers à bord, nous nous faisions face avec des attitudes identiques.

« Votre échelle… murmura-t-il, après un silence. Qui aurait pensé trouver une échelle accrochée de nuit à un bateau au mouillage dans ces eaux ! Je m'étais senti envahi, à ce moment-là, d'une fort désagréable faiblesse. Après la vie que j'avais menée depuis neuf semaines, n'importe qui aurait perdu la forme. J'étais incapable de faire le tour et de nager jusqu'aux chaînes du gouvernail. Et voilà que j'aperçois une échelle où m'agripper. Après l'avoir saisie je me suis dit, "À quoi bon ?" Lorsque j'ai vu la tête d'un homme qui se penchait pour regarder j'ai pensé que j'allais immédiatement repartir à la nage et le laisser crier – dans je ne sais quelle langue. Je n'étais pas gêné qu'on me regarde. Je – j'aimais ça. Et puis vous entendre me parler si calmement – comme si vous m'attendiez – j'ai décidé de rester accroché encore un peu. Cette solitude durait depuis un sacré moment – et je ne veux pas dire en nageant. J'étais content de parler un peu à quelqu'un qui n'appartenait pas à la *Séphora*. Quant à demander à voir le capitaine, je l'ai fait sans y réfléchir. Cela n'aurait été d'aucune utilité, avec tout le navire au courant de ma présence et les autres qui allaient certainement arriver le matin. Je ne sais pas – je voulais être vu, parler à quelqu'un, avant de repartir. Je ne sais pas ce que j'aurais dit… "Belle nuit, n'est-ce pas ?" ou quelque chose comme ça.

— Pensez-vous qu'ils vont bientôt venir ici ?, lui demandai-je, avec un peu d'incrédulité.

— C'est fort possible », dit-il d'une voix éteinte.

Il eut tout à coup l'air extrêmement défait. Sa tête roula sur ses épaules.

« Hum. Nous aviserons alors. Entre-temps mettez-vous dans ce lit, chuchotai-je. Vous avez besoin d'aide ? Là. »

La couchette était posée sur un cadre assez haut, avec une série de tiroirs en dessous. Cet extraordinaire nageur avait réellement besoin de l'aide que je lui donnai en le poussant par la jambe. Il bascula sur le lit, roula sur le dos, et posa brusquement un bras sur ses yeux. Et alors, le visage presque entièrement caché, son aspect devait être exactement celui que j'aurais eu, dans ce lit. J'observai quelque temps mon autre moi-même avant de refermer soigneusement les deux rideaux de serge verte qui coulissaient sur une tringle en laiton. Je pensai un instant à les épingler ensemble pour plus de sécurité, mais je m'assis sur le divan et, une fois là me sentis peu disposé à me relever pour chercher une épingle. Je le ferais dans un moment. J'étais extrêmement fatigué, étrangement, jusque dans mon être le plus intime, par la tension de devoir agir furtivement, par l'effort que demandait le chuchotement et par l'aspect secret de toute cette excitation. Il était à présent trois heures et j'étais debout depuis neuf heures du soir, mais je n'avais pas envie de dormir ; je n'aurais pas pu m'endormir. Je restai assis là, épuisé, regardant les rideaux, tentant de chasser de mon esprit la sensation confuse d'être dans deux endroits à la fois et excédé du martèlement exaspérant qui cognait dans ma tête. Ce fut avec soulagement que je me rendis compte tout à coup que ce n'était en fin de compte pas du tout dans ma tête, mais derrière la porte. Avant d'avoir eu le temps de me reprendre, le mot « Entrez » m'avait échappé et le steward était là avec un plateau, m'apportant mon café du matin. Je m'étais endormi, en fin de compte, et j'eus si peur que je criai, « Par ici ! Je suis là, steward », comme s'il avait été à des milles. Il posa le plateau sur la table près du divan et c'est seulement alors qu'il me dit, très tranquillement, « Je vois bien que vous êtes là, capitaine. » Je sentis qu'il m'examinait attentivement, mais je n'osai pas, à ce moment-là, croiser son regard. Il avait dû se demander pourquoi j'avais tiré les rideaux de mon lit avant d'aller dormir sur le divan. Il sortit, laissant la porte au crochet, comme d'habitude.

J'entendais l'équipage laver les ponts au-dessus de moi. Je savais qu'on m'aurait immédiatement averti s'il y avait eu le moindre signe de vent. Calme plat, pensai-je, et j'étais doublement contrarié. En fait, je me sentais encore plus double que jamais. Le steward reparut tout à coup dans l'encadrement de la porte. Je me relevai si vite du divan qu'il eut un sursaut.

« Que venez-vous faire ici ?

— Fermer votre hublot, capitaine – on lave le pont.

— Il est fermé, dis-je en rougissant.

— Très bien, capitaine. » Mais il restait près de la porte et me retournait mon regard d'une manière étonnante et équivoque. Puis ses yeux se troublèrent, toute son expression changea et d'une voix anormalement douce, presque cajoleuse :

« Puis-je entrer prendre votre tasse vide, capitaine ?

— Évidemment ! » Je lui tournai le dos pendant qu'il entrait et ressortait rapidement. Alors j'enlevai le crochet, fermai la porte et poussai même le verrou. Ce genre de choses ne pouvait pas continuer longtemps. D'ailleurs, il faisait aussi chaud dans la cabine que dans un four. Je jetai un coup d'œil à mon double et vis qu'il n'avait pas bougé, un bras couvrait toujours ses yeux ; mais sa poitrine se soulevait régulièrement ; ses cheveux étaient mouillés ; son menton luisait de sueur. Je me penchai au-dessus de lui et ouvris le hublot.

« Je dois me montrer sur le pont », pensai-je.

Évidemment, je pouvais théoriquement faire ce que je voulais, et personne ne pouvait me contredire dans tout le cercle de l'horizon ; mais je n'osais pas verrouiller ma chambre et emporter la clé. Dès que je sortis la tête par l'écoutille, je vis le groupe que formaient mes deux officiers, le lieutenant pieds nus, le second en hautes bottes de caoutchouc, près du fronteau de dunette, et le steward, à mi-hauteur de l'échelle de dunette, qui leur parlait avec excitation. Lorsqu'il finit par m'apercevoir il plongea, le lieutenant se précipita sur le pont principal pour crier un ordre quelconque et le second vint me rejoindre en mettant la main à sa casquette.

Il y avait une espèce de curiosité dans son regard qui m'était déplaisante. Je ne sais pas si le steward leur avait dit que j'étais « bizarre », ou complètement soûl, mais je sais que le type avait décidé de m'observer avec attention. Je le regardai s'approcher avec un sourire qui, lorsqu'il arriva tout près de moi, fit son effet et glaça jusqu'aux bouts de ses favoris. Je ne lui laissai pas le temps d'ouvrir la bouche.

« Brassez carré par les haubans et les bras avant que l'équipage descende manger. »

C'était le premier ordre précis que je donnais à bord de ce navire ; et je restai aussi sur le pont afin de le voir exécuter. J'avais senti le besoin de m'imposer sans perdre de temps. Ce jeune blanc-bec sarcastique avait dû rabattre un peu son caquet à cette occasion, et j'en profitai aussi pour bien observer les visages de tous les gabiers de misaine lorsqu'ils passèrent devant moi pour aller aux bras de vergue, à l'arrière. Au petit déjeuner, sans rien manger moi-même, je présidai avec une telle dignité glacée que mes deux officiers furent trop contents de s'échapper de la cabine dès que la bienséance le leur permit ; et tout ce temps le fonctionnement dédoublé de mon esprit me tourmentait jusqu'à en perdre la tête. Je n'arrêtais pas de me surveiller, ce moi secret, tout aussi dépendant de mes actions que je l'étais moi-même, endormi dans ce lit, derrière cette porte qui me faisait face quand j'étais assis en haut bout de table. Cela ressemblait beaucoup à de la folie, aggravée par la conscience que j'en avais.

Il me fallut le secouer pendant une bonne minute, mais lorsqu'il ouvrit enfin les yeux il était en pleine possession de ses esprits et son regard me questionnait.

« Tout va bien jusqu'à présent, chuchotai-je. Maintenant il vous faut disparaître dans la salle de bains. »

Il le fit, aussi silencieux qu'un spectre, et je sonnai alors pour appeler le steward à qui, le regardant droit dans les yeux, j'ordonnai de ranger ma chambre pendant que je prendrais un bain — « et ne traînez pas. » Comme le ton de ma voix n'autorisait aucun commentaire, il dit « Bien, capitaine », et courut chercher sa pelle à poussière et ses balais. Je pris un bain et, en faisant clapoter l'eau, en m'habillant, en sifflotant, je voulais surtout édifier le steward, tandis que le compagnon secret de ma vie se tenait là, debout, tout droit, dans ce minuscule espace, le visage hâve dans la lumière du jour, les paupières baissées sous la ligne sombre et sévère de sourcils qu'un léger froncement rapprochait l'un de l'autre.

Quand je le laissai là pour retourner dans ma chambre, le steward finissait de faire les poussières. Je fis appeler le second et engageai avec lui une conversation tout à fait futile. C'était, pour ainsi dire, comme si je jouais avec la terrible nature de ses favoris ; mais mon intention était de lui donner l'occasion de bien examiner ma cabine. Et je pus alors enfin fermer la porte de ma chambre, la conscience tranquille, et installer de nouveau mon double dans le renfoncement. C'était la seule solution. Il devait rester assis sur un siège pliant, à moitié étouffé par les lourds manteaux accrochés là. Nous entendîmes le steward entrer dans la salle de bains en passant par le salon, remplir les cruches d'eau, récurer la baignoire, remettre les objets en place, et vlan, et pof, et voilà – revenir au salon – tourner la clé – clic. Tel était le plan que j'avais imaginé pour que mon autre moi restât invisible. Rien de mieux n'aurait pu être conçu dans la circonstance. Et nous étions assis là ; moi à mon bureau, prêt à feindre de m'occuper de mes papiers, lui derrière moi, invisible depuis la porte. Il n'aurait pas été prudent de parler pendant la journée ; et je n'aurais pas pu supporter l'excitation que produisait cette étrange sensation de chuchoter avec moi-même. De temps en temps, jetant un coup d'œil par-dessus mon épaule, je le voyais tout au fond, assis bien droit sur son pliant bas, ses pieds nus l'un contre l'autre, les bras croisés, la tête affalée sur la poitrine – et parfaitement immobile. N'importe qui l'aurait pris pour moi.

J'en étais moi-même fasciné. Je devais à chaque instant regarder par-dessus mon épaule. Je le regardais quand une voix derrière la porte me dit :

« Excusez-moi, capitaine.

— Oui !… » Je gardais les yeux fixés sur lui, et donc, lorsque la voix de l'autre côté annonça : « L'embarca-

tion d'un navire vient dans notre direction, capitaine »,
je le vis sursauter – son premier mouvement depuis des
heures. Mais il garda la tête penchée.

« Très bien. Faites descendre l'échelle. »

J'hésitai. Devais-je lui chuchoter quelque chose ?
Mais quoi ? Son immobilité paraissait ne pas avoir été
dérangée. Que pouvais-je lui dire qu'il ne savait
déjà ?... Finalement, je montai sur le pont.

II

Le patron de la *Séphora* avait des favoris roux qui entouraient son visage d'une ligne clairsemée, et le genre de teint qui correspond à cette couleur ; et aussi, cette nuance particulière de bleu brouillé dans les yeux. Ce n'était pas exactement un personnage de grande allure ; ses épaules étaient hautes, sa stature plutôt moyenne – une jambe légèrement plus arquée que l'autre. Il me serra la main en regardant vaguement autour de lui. Il me sembla qu'il se caractérisait surtout par une ténacité sans entrain. Je me comportai avec une politesse qui parut le déconcerter. Peut-être était-il timide. Il s'adressa à moi en marmonnant comme s'il avait honte de ce qu'il disait ; me donna son nom (quelque chose du genre d'Archbold – mais après tant d'années, je n'en suis plus très sûr), le nom de son navire, et quelques autres détails de ce genre, à la manière d'un criminel qui avoue à contrecœur et d'un ton larmoyant. À l'aller, il avait essuyé un temps effroyable – effroyable – effroyable – et sa femme à bord, en plus.

Nous étions à présent assis dans la cabine arrière et le steward apporta un plateau avec une bouteille et des

verres. « Merci ! Non. » Ne buvait jamais d'alcool. Boi-
rait bien un peu d'eau, pourtant. Il en but deux grands
verres. Un travail terriblement assoiffant. Dès le lever du
jour, il était parti explorer les îles autour de son navire.

« Et pourquoi donc – pour vous divertir ?, demandai-je, en simulant un intérêt poli.

— Non ! soupira-t-il. Pénible devoir. »

Comme il persistait à marmonner et que je voulais
que mon double entendît chaque mot, j'eus l'idée de
lui annoncer qu'à mon grand regret j'étais dur
d'oreille.

« Déjà, si jeune ! » Il hocha la tête, sans cesser de
me fixer de son regard bleu brouillé et peu intelligent.
« Quelle en était la cause – une maladie ? », me
demanda-t-il, sans montrer la moindre sympathie,
comme s'il pensait que, si tel était le cas, je n'avais eu
que ce que je méritais.

« Oui, une maladie », admis-je d'un ton enjoué qui
parut le choquer. Mais j'avais obtenu ce que je voulais,
car il dut élever la voix pour me raconter son histoire.
Rapporter sa version n'est pas d'un grand intérêt. Cela
faisait juste deux mois que tout cela était arrivé et il
y avait tant réfléchi qu'il semblait être désorienté et
avoir tout mélangé, mais toujours immensément
impressionné.

« Que penseriez-vous si une chose pareille arrivait à
bord de votre propre bateau ? Je commande la

Séphora depuis quinze ans maintenant. Je suis un patron reconnu. »

Il était profondément affligé – et j'aurais sans doute dû me montrer un peu plus compatissant, mais j'étais incapable de détacher mon esprit du compagnon ignoré de tous qui partageait ma cabine comme s'il était un autre moi-même. Il était là, de l'autre côté de la cloison, à quatre ou cinq pieds, pas plus, de ce salon où nous étions assis. Je regardais poliment le capitaine Archbold (si c'était bien son nom) mais c'était l'autre que je voyais, en pyjama gris, assis sur un petit pliant, ses pieds nus l'un contre l'autre, les bras croisés, tandis que chaque mot que nous échangions parvenait aux oreilles de sa tête sombre affalée sur sa poitrine.

« Je navigue, adolescent puis adulte, depuis maintenant trente-sept ans, et je n'ai jamais entendu parler d'une pareille affaire sur un navire anglais. Et il fallait que ça arrive sur mon bateau. Et ma femme à bord, en plus. »

Je l'écoutais à peine.

« Ne pensez-vous pas, lui dis-je, que la grosse lame qui, m'avez-vous dit, est venue balayer le pont à ce moment-là, a pu tuer cet homme ? J'ai déjà vu un homme tué par le seul poids d'une lame qui lui avait tout simplement cassé le cou.

— Grand Dieu ! énonça-t-il d'un ton impressionnant, en me fixant de son regard bleu brouillé. La mer ! Jamais un homme tué par la mer n'a eu cet aspect. » Il paraissait absolument scandalisé par ma suggestion. Et, alors que je l'observais, certainement sans m'attendre à quelque chose d'original de sa part, il rapprocha sa tête de la mienne et me tira la langue si brusquement que j'eus un mouvement de recul involontaire.

Après avoir ainsi marqué un point sur mon calme d'une manière aussi explicite, il hocha la tête d'un air entendu. Si j'avais vu la scène, m'assura-t-il, je ne pourrais jamais l'oublier aussi longtemps que je vivrais. Le temps était trop mauvais pour que le corps pût être inhumé en mer selon les règles. De sorte que le lendemain ils l'avaient transporté sur la dunette, le visage couvert d'un morceau d'étamine ; il avait lu une brève prière et alors, tel qu'était le cadavre, avec son suroît et ses hautes bottes, ils l'avaient basculé dans ces immenses vagues qui paraissaient prêtes à tout moment à engloutir le navire lui-même avec toutes les personnes terrifiées à son bord.

« Cette misaine arrisée vous a sauvés, lui lançai-je.

— Elle, et l'aide de Dieu – c'est vrai, s'exclama-t-il avec ferveur. Sa miséricorde était sur nous, j'en suis persuadé, et a permis à cette voile de supporter les bourrasques de l'ouragan.

— C'est en établissant cette voile que... commençai-je.

— La main de Dieu s'en est mêlée, dit-il en m'interrompant. Rien d'autre n'aurait pu nous sauver. Je peux vous avouer que c'est à peine si j'ai osé en donner l'ordre. Il paraissait impossible que nous parvenions à toucher la moindre voile sans la perdre, et notre dernier espoir aurait alors disparu. »

Il était toujours obsédé par la terreur de cette tempête. Je le laissai poursuivre quelque temps, puis je lui dis, négligemment – comme si je revenais à un sujet moins important :

« Vous teniez à remettre votre second aux mains des autorités à terre, je suppose ? »

C'était cela. À la justice. Dans son obscure ténacité sur ce point il y avait quelque chose d'incompréhensible et d'un peu horrible ; quelque chose, pour ainsi dire, de mystique, indépendamment de son profond désir de ne pas être soupçonné de vouloir « sanctionner des actes de ce genre ». Trente-sept années vertueuses en mer, dont plus de vingt de commandement sans erreur, et les quinze dernières sur la *Séphora*, paraissaient l'avoir soumis à une sorte d'impitoyable obligation.

« Et vous savez, poursuivit-il, fouillant sans honte parmi ses sentiments, ce n'est pas moi qui ai engagé ce jeune homme. Sa famille était associée à mes armateurs. J'ai été d'une certaine façon obligé de le prendre à bord. Il avait l'air très élégant, très distingué, ce genre de choses. Mais, vous savez – je ne l'ai jamais vraiment beaucoup apprécié. Je suis un homme simple. Vous comprenez, ce n'était pas vraiment le genre d'homme qu'il fallait comme second sur un navire comme la *Séphora*. »

Mes pensées et mes intuitions étaient à présent en liaison si étroite avec celles du compagnon secret dans ma cabine que j'avais l'impression qu'on me faisait comprendre à moi, personnellement, que je n'aurais pas non plus fait l'affaire comme second sur un navire comme la *Séphora*. Dans mon esprit, cela ne faisait aucun doute.

« Absolument pas le genre d'homme. Vous comprenez », insista-t-il, inutilement, en me regardant avec insistance.

Je souris courtoisement. Il parut un instant ne plus savoir quoi dire.

« Je suppose que je vais devoir signaler un suicide.

— Pardon ?

— Sui-cide ! C'est ce que je vais devoir écrire aux armateurs dès que je serai au port.

— À moins que vous ne parveniez à le retrouver avant demain, avançai-je calmement… Je veux dire, vivant. »

Il marmonna quelque chose que je ne parvins pas vraiment à comprendre et je tendis l'oreille vers lui d'un air perplexe. Il beugla presque :

« La terre – écoutez-moi, la terre ferme est au moins à sept milles de mon mouillage.

— Oui, à peu près. »

Mon manque d'excitation, de curiosité, de surprise, de tout intérêt prononcé, commençait à éveiller sa méfiance. Mais, à part ma trouvaille de me faire passer pour sourd d'oreille, je n'avais pas cherché à prétendre quoi que ce soit. Je m'étais senti absolument incapable de simuler correctement l'ignorance et j'avais donc peur d'essayer. Il est tout à fait certain, en outre, qu'il était venu *a priori* soupçonneux et qu'il considérait que ma politesse était un phénomène étrange et peu naturel. Et pourtant, aurais-je pu l'accueillir autrement ? Pas chaleureusement, tout de même ! C'était impossible, pour des raisons psychologiques que je n'ai pas besoin d'expliquer ici. Mon seul but était de faire cesser ses investigations. D'un ton bourru ? Oui, mais ce ton bourru aurait pu l'inciter à me poser une question directe. Comme il y était peu habitué, et que cela était étranger à son tempérament, une courtoisie pointilleuse était la meilleure façon de le tenir à distance. Mais il y avait le danger qu'il pénètre brutalement mes défenses. Je n'aurais pas pu, je crois, lui opposer un mensonge direct, encore une fois pour des raisons psychologiques (et non morales). S'il avait seulement su à quel point j'avais peur qu'il testât ma sensation d'identité avec l'autre ! Mais, assez bizarrement – (je n'y ai pensé que plus tard) – je crois bien qu'il se trouvait plutôt déconcerté par l'inverse de cette situation bizarre, par quelque chose en moi qui lui rappelait l'homme qu'il recherchait — lui suggérait une mystérieuse similitude avec le jeune homme dont il s'était immédiatement méfié et qu'il n'avait jamais apprécié.

Quoi qu'il en soit, le silence ne se prolongea pas trop longtemps. Il fit une autre approche oblique.

« Je ne pense pas que nous ayons dû ramer plus de deux milles jusqu'à votre navire. Pas beaucoup plus.

— Et c'est déjà beaucoup, dans cette chaleur torride », dis-je.

Une autre pause, pleine de méfiance, suivit. La nécessité, dit-on, est mère d'industrie, mais la peur, elle aussi, peut suggérer des solutions ingénieuses. Et j'avais peur qu'il me demande de but en blanc des nouvelles de mon autre moi-même.

« Joli petit salon, ne trouvez-vous pas ? fis-je remarquer, comme si je me rendais compte pour la première fois de la manière dont ses yeux allaient d'une porte fermée à l'autre. Et très bien aménagé aussi. Voici par exemple, poursuivis-je en tendant le bras négligemment par-dessus le dossier de mon siège pour ouvrir la porte toute grande, ma salle de bains.

Il eut un mouvement empressé, mais ce fut à peine s'il y jeta un coup d'œil. Je me levai, fermai la porte de la salle de bains et l'invitai à visiter, comme si j'étais très fier de mes appartements. Il lui fallut se lever et me suivre, mais la visite se déroula sans le moindre enthousiasme.

« Et maintenant, je vais vous montrer ma chambre », déclarai-je, en élevant la voix autant que je l'osais, et traversant la cabine jusqu'à tribord d'une démarche volontairement pesante.

Il me suivit et regarda autour de lui. Mon double avait eu l'intelligence de disparaître. Je jouai mon rôle.

« Très pratique – n'est-ce pas ?

— Très bien. Très conf... » Il ne termina pas et sortit brusquement comme pour échapper à quelque ruse maléfique de ma part. Mais je n'allais pas le laisser faire. J'avais eu trop peur pour ne pas vouloir me venger ; je sentais qu'il prenait la fuite et je voulais continuer à le presser. Mon insistance polie devait contenir une certaine menace, car il abandonna subitement. Et je ne lui fis pas la grâce d'un seul détail ; chambre du second, office, soute à provisions, jusqu'à la soute à voiles, qui était aussi sous la dunette – je le contraignis à tout examiner. Lorsque enfin je le ramenai sur le gaillard d'arrière, il laissa échapper un long soupir accablé, et marmonna d'une voix lugubre qu'il fallait vraiment qu'il retourne sur son bateau à présent. J'invitai mon second, qui nous avait rejoints, à s'occuper de l'embarcation du capitaine.

L'homme aux favoris fit retentir le sifflet qu'il portait toujours autour du cou et hurla : « *Séphora,* à déborder ! » Mon double, là, en bas, dans ma cabine, avait dû entendre, et ne pouvait certainement pas se sentir plus soulagé que moi. Quatre matelots apparurent en courant de quelque part à l'avant et passèrent par-dessus bord, tandis que mes hommes, apparaissant eux aussi sur le pont, s'alignaient le long du bastingage. J'escortai cérémonieusement mon visiteur jusqu'à la coupée, et je faillis en faire trop. C'était un animal tenace. Jusque sur l'échelle, il hésitait, et avec cette manière unique, consciencieuse jusqu'à la culpabilité, de ne pas sortir du sujet :

« Dites… vous… vous ne pensez pas que… »

Je couvris bruyamment sa voix :

« Absolument pas… Très heureux. Au revoir. »

J'avais une idée de ce qu'il s'apprêtait à dire et j'esquivai de justesse en recourant au privilège de ceux qui entendent mal. Il était dans l'ensemble trop secoué pour insister, mais mon second, témoin direct de ces adieux, prit un air intrigué et devint pensif. Comme je ne voulais pas donner l'impression d'éviter toute communication avec mes officiers, je lui laissai l'occasion de s'adresser à moi.

« Un brave homme, à mon avis. L'équipage de son embarcation a raconté à nos hommes une histoire vraiment extraordinaire, si ce que me dit le steward est vrai. Je suppose que le capitaine vous a tout raconté, capitaine ?

— Oui. Le capitaine m'a raconté une histoire.

— Une horrible affaire – n'est-ce pas, capitaine ?

— Tout à fait.

— Ça dépasse de loin toutes ces histoires qu'on raconte, tous ces meurtres sur les navires yankees.

— Je ne crois pas que cela les dépasse. Je ne crois pas que cela y ressemble le moins du monde.

— Que Dieu me garde – est-ce possible ! Mais naturellement je connais très mal les navires américains, vraiment très mal, et je ne pourrais donc pas vous contredire à leur sujet. C'est bien assez horrible pour moi… Mais le plus étrange est que ces gens-là paraissaient avoir la vague idée que ce type se cachait ici, à bord. Vraiment. Avez-vous jamais entendu une chose pareille ?

— Absurde – n'est-ce pas ? »

Nous allions d'un bord à l'autre du gaillard d'arrière. Pas un membre de l'équipage n'était visible à l'avant (c'était dimanche), et le second poursuivit :

« Il y a eu une petite dispute à ce propos. Nos hommes l'ont assez mal pris. "Comme si nous pouvions cacher une pareille créature", disaient-ils. "Vous voulez le chercher dans la soute à charbon ?" Une vraie engueulade. Mais ils ont fini par se réconcilier. Je suppose qu'il s'est réellement noyé. Vous ne croyez pas, capitaine ?

— Je ne suppose rien du tout.

— Vous n'avez aucun doute en la matière, capitaine ?

— Absolument aucun. »

Je le quittai brusquement. Je sentais que je produisais une mauvaise impression, mais avec mon double là, en bas, il était éprouvant d'être sur le pont. Et il était tout aussi éprouvant d'être en bas. Dans l'ensemble une situation éprouvante pour les nerfs. Mais en général je me sentais moins déchiré en deux quand j'étais avec lui. Il n'y avait personne sur tout le bateau à qui j'aurais osé me confier. Étant donné que l'équipage avait appris son histoire, il devenait impossible de le faire passer pour quelqu'un d'autre, et une découverte accidentelle était maintenant plus à craindre que jamais…

Quand je descendis la première fois, le steward mettait la table pour le déjeuner et nous ne pouvions parler que du regard. Plus tard, dans l'après-midi, nous tentâmes avec prudence de chuchoter. Le calme dominical du navire était contre nous ; l'immobilité de l'air et de l'eau autour du navire était contre nous ; les éléments, les hommes étaient contre nous – tout était contre nous, contre notre association secrète ; même le temps – car cela ne pouvait pas continuer indéfiniment. Du fait de sa culpabilité, il lui était, je suppose, impossible de se fier à la Providence. Dois-je avouer que cette pensée me déprimait énormément ? Et quant au chapitre des accidents qui a tant d'importance dans le livre des succès, je ne pouvais que l'espérer clos. Car, quel accident favorable pouvions-nous espérer ?

« Avez-vous tout entendu ? » furent mes premiers mots dès que nous fûmes côte à côte, penchés sur ma couchette.

Il avait bien entendu. Et l'ardeur de son chuchotement le prouva : « Cet homme vous a dit qu'il osait à peine donner l'ordre. »

Je compris qu'il faisait référence à cette misaine qui les avait sauvés.

« Oui. Il avait peur de la perdre en l'installant.

— Je vous assure qu'il n'a jamais donné l'ordre. Il peut bien le croire, mais il ne l'a jamais donné. Il était à mes côtés sur le fronteau de la dunette après que le grand hunier a été emporté par le vent, et il s'est mis à geindre sur notre dernier espoir – il a positivement geint sans rien faire d'autre – et la nuit qui tombait ! Entendre son capitaine se plaindre comme ça par si mauvais temps aurait suffi à rendre fou n'importe qui. Cela m'a poussé à une sorte de désespoir. J'ai tout pris en main et l'ai laissé là, je bouillonnais, et... – Mais à quoi bon vous le dire ? Vous, vous savez !... Pensez-vous que si je n'avais pas été brutal avec eux j'aurais pu obtenir quoi que ce soit de ces hommes ? Oh non !

Le maître d'équipage peut-être ? Peut-être ! Ce n'était pas une grosse mer – c'était une mer devenue folle ! Je suppose que la fin du monde ressemblera un peu à ça ; et un homme peut avoir le courage de la voir venir une fois et en avoir fini – mais devoir y faire face jour après jour – je n'accuse personne. Je n'étais pas, de loin, bien meilleur que les autres. Seulement – j'étais officier sur ce vieux wagon à charbon, en tout cas…

— Je comprends très bien. » Je chuchotai cette affirmation sincère dans le creux de son oreille. Il avait perdu le souffle d'avoir tant murmuré ; je l'entendais haleter un peu. Tout cela était fort simple. La même force tendue qui avait donné à vingt-quatre hommes un espoir, au moins, de survivre, avait, par une sorte de contrecoup, écrasé l'existence sans valeur d'un mutin.

Mais je n'eus pas le loisir de peser les mérites de l'affaire – des pas dans le salon, un coup fort à la porte. « Il y a suffisamment de vent pour appareiller, capitaine. » À nouveau mes pensées et même mes sentiments étaient rappelés à l'ordre.

« Tout l'équipage sur le pont, criai-je à travers la porte. Je monte immédiatement. »

J'allais faire connaissance avec mon navire. Sur le point de quitter la cabine, mon regard croisa le sien – les regards des deux seuls étrangers à bord. Je lui montrai le renfoncement où l'attendait le petit pliant et mis un doigt sur mes lèvres. Il fit un geste – un peu vague – un peu mystérieux, accompagné d'un léger sourire, comme de regret.

Ce n'est pas ici le lieu où exposer les sensations d'un homme qui sent pour la première fois un navire se mouvoir sous ses pieds du fait de ses seules paroles. Dans mon cas, ces sensations n'étaient pas réellement pures. Je n'étais pas entièrement seul à mon poste ; car il y avait cet étranger dans ma cabine. Ou plutôt, je n'étais pas complètement, entièrement à mon navire. Une partie de moi en était absente. Cette sensation mentale d'être à deux endroits à la fois m'affectait physiquement comme si l'atmosphère de secret avait pénétré jusque dans mon âme. Une heure ne s'était pas écoulée depuis les premières manœuvres d'appareillage du navire que, ayant eu l'occasion de demander au second (il était à mes côtés) de prendre un relèvement de la pagode au compas, je m'aperçus que j'étais en train de chuchoter à son oreille. Je dis que je m'aperçus, mais j'en avais déjà assez fait pour que le type eût l'air surpris. Je ne peux décrire sa réaction autrement qu'en indiquant qu'il fit un bond de côté. Il ne se départit plus ensuite d'un maintien grave, préoccupé, comme s'il était en possession d'informations troublantes. Un peu plus tard je quittai le bastingage pour examiner le compas et ma démarche était si furtive que l'homme de barre s'en rendit compte – et je ne pus m'empêcher de voir qu'il arrondissait singulièrement ses yeux. Il s'agit de faits sans importance, quoi qu'il ne soit pas à l'avantage d'un capitaine d'être soupçonné de lubies grotesques. Mais j'étais aussi affecté plus sérieusement. Chez un marin, certains mots, certains gestes devraient, dans des conditions données, être aussi naturels qu'une paupière qui cligne devant une menace. Tel ordre devrait surgir de ses lèvres sans qu'il y pense ; tel signe devrait être fait, pour ainsi dire, sans réfléchir. Mais toute ma promptitude spontanée m'avait abandonné. Je devais faire un effort de volonté pour me ramener (de la cabine) à la situation du moment. Je sentais que je donnais l'impression, à ces gens qui m'observaient d'un œil déjà suffisamment critique, d'être un capitaine indécis.

Et en outre, il y eut les alertes. Le deuxième jour après l'appareillage, par exemple, descendant du pont l'après-midi (j'avais mis des pantoufles de raphia à mes pieds nus), je m'arrêtai devant la porte ouverte de l'office pour parler au steward. Il était affairé et me tournait le dos. Au son de ma voix il tomba presque à la renverse, comme on dit, et cassa accidentellement une tasse.

« Mais qu'avez-vous donc ! » demandai-je, étonné.

Il était extrêmement confus. « Excusez-moi, capitaine. J'étais certain que vous étiez dans votre cabine.

— Vous voyez bien que non.

— Non, capitaine. J'aurais juré que je vous avais entendu bouger là-bas il n'y a pas une minute. C'est tout à fait extraordinaire… veuillez m'excuser, capitaine. »

Je poursuivis mon chemin avec un frisson intérieur. Je m'étais à tel point identifié à mon double secret que je ne mentionnai même pas la chose au cours des rares chuchotements effrayés que nous échangions. Je suppose qu'il avait fait quelque bruit pour une raison ou une autre. Il aurait été miraculeux de ne pas en faire à un moment ou à un autre. Et pourtant, malgré son air défait, il paraissait toujours d'un parfait sang-froid, plus que calme – presque invulnérable. Sur ma suggestion, il ne quittait que rarement la salle de bains, qui, tout bien considéré, était l'endroit le plus sûr. Personne n'avait l'ombre d'un prétexte pour s'y rendre, une fois que le steward avait fait le ménage. C'était un minuscule endroit. Parfois il était étendu par terre, jambes pliées, la tête appuyée sur un coude. À d'autres moments je le trouvais assis sur le pliant, dans son pyjama gris et avec ses cheveux sombres coupés court, comme un forçat patient, impassible. La nuit, je le faisais passer dans ma couchette, et nous chuchotions tous les deux, au rythme des pas réguliers de l'officier de quart qui passait et repassait au-dessus de nos têtes. C'était une période infiniment difficile. J'avais la chance d'avoir des conserves fines rangées dans un coffre de ma chambre ; j'arrivais toujours à trouver du pain dur ; et il se nourrissait ainsi de fricassée de poulet, de pâté de foie gras, d'asperges, d'huîtres cuites, de sardines – de toutes sortes de friandises en boîte faussement luxueuses. Il buvait toujours mon café du matin ; et c'est tout ce que j'osais faire pour lui de ce côté-là.

Chaque jour nous devions effectuer cette horrible manœuvre pour que ma chambre, puis la salle de bains puissent être nettoyées comme de coutume. J'en vins à détester la vue du steward, à haïr la voix de cet homme inoffensif. Je sentais qu'il serait celui qui allait provoquer la catastrophe de la découverte. Elle était suspendue sur nos têtes comme une épée.

Le quatrième jour en mer, je crois (nous longions alors la côte est du golfe de Siam, bord sur bord, avec des vents légers et une mer d'huile) – le quatrième jour, donc, de ce misérable jeu avec l'inévitable, alors que nous étions assis pour notre repas du soir, cet homme, dont je redoutais le moindre mouvement, après avoir posé les plats, se précipita sur le pont, l'air affairé. Il n'y avait pas le moindre danger. Il fut bientôt de retour ; et je compris qu'il s'était souvenu d'un de mes manteaux, que j'avais jeté sur le bastingage pour le faire sécher après qu'il eut été mouillé par une averse qui était passée sur le navire dans l'après-midi. Assis, paralysé, en haut bout de table, la panique me saisit à la vue du vêtement sur son bras. Naturellement il se dirigeait vers ma porte. Il n'y avait pas de temps à perdre.

« Steward », tonnai-je. Mes nerfs étaient tellement secoués que je ne parvenais pas à contrôler ma voix ni à dissimuler mon agitation. C'était le genre de choses qui poussait mon second aux terribles favoris à se tapoter le front de l'index. Je l'avais surpris faisant ce geste alors que, sur le pont, il parlait au charpentier avec un air confidentiel. J'étais trop loin pour entendre ce qu'ils disaient, mais je n'avais aucun doute : cette pantomime ne pouvait s'appliquer qu'à l'étrange nouveau capitaine.

« Oui, capitaine. » Le pâle visage du steward se tourna vers moi avec résignation. C'était cette affolante série d'ordres contradictoires criés – être arrêté dans son travail sans rime ni raison, être arbitrairement expulsé de ma cabine, y être brutalement appelé, être chassé de son office pour des commissions incompréhensibles – qui expliquait sa mine de plus en plus pitoyable.

« Où allez-vous avec ce manteau ?

— Dans votre chambre, capitaine.

— Pensez-vous qu'il y ait encore un risque d'averse ?

— Je n'en sais vraiment rien, capitaine. Voulez-vous que je remonte voir ?

— Non ! Ça n'a pas d'importance. »

Mon but était atteint, car mon autre moi-même, à l'intérieur, avait évidemment entendu tout ce qui s'était dit. Pendant cet intermède, mes deux officiers n'avaient pas levé le nez de leurs assiettes respectives ; mais la lèvre de ce satané blanc-bec, le lieutenant, frémissait visiblement.

Je pensais que le steward allait pendre mon manteau et revenir immédiatement. Il mettait beaucoup de temps ; mais je parvins à dominer ma nervosité suffisamment pour ne pas crier après lui. Tout à coup je me rendis compte (on l'entendait parfaitement bien) que ce type, pour une raison ou pour une autre, ouvrait la porte de la salle de bains. C'en était fini. L'endroit était littéralement trop petit pour qu'on puisse s'y retourner. Ma voix s'éteignit dans ma gorge et je sentis mon corps se pétrifier. Je m'attendais à entendre un hurlement de surprise et de terreur et fis un mouvement, mais je n'avais pas la force de me tenir debout. Tout était resté silencieux. Mon autre moi-même avait-il pris le pauvre diable à la gorge ? Je ne sais pas ce que j'aurais fait l'instant d'après si je n'avais vu le steward sortir de ma chambre, fermer la porte puis se tenir tranquillement près de la desserte.

« Sauvé, pensai-je. Mais non ! Perdu ! Parti ! Il était parti ! »

Je posai mon couteau et ma fourchette et m'adossai à ma chaise. La tête me tournait. Après quelque temps, quand j'eus suffisamment recouvré mes esprits pour parler avec calme, j'ordonnai au second de faire virer lui-même le bateau à huit heures.

« Je ne monterai pas sur le pont, poursuivis-je. Je crois que je vais me coucher et, à moins que le vent ne change, je ne veux pas être dérangé avant minuit. Je ne me sens pas très bien.

— C'est vrai que vous aviez l'air assez mal en point à l'instant », fit remarquer le second avec une certaine désinvolture.

Ils sortirent tous les deux, et mes yeux suivirent le steward alors qu'il desservait la table. On ne discernait rien sur le visage du misérable bonhomme. Mais je me demandai pourquoi il évitait de croiser mon regard. Je me dis ensuite que j'aimerais entendre le son de sa voix.

« Steward !

— Capitaine ! » Surpris comme d'habitude.

« Où avez-vous accroché ce manteau ?

— Dans la salle de bains, capitaine. Son ton de voix inquiet habituel. Il n'est pas encore tout à fait sec, capitaine. »

Je restai assis quelques instants de plus dans la cabine arrière. Mon double avait-il disparu comme il était arrivé ? Mais, de sa venue, il existait une explication, tandis que sa disparition serait inexplicable…

J'entrai lentement dans ma chambre obscure, fermai la porte, allumai la lampe, sans oser, l'espace d'un instant, me retourner. Quand je le fis enfin, je l'aperçus debout, tout droit, dans l'étroit renfoncement. Il serait faux de dire que je subis un choc, mais un doute irrésistible sur son existence physique traversa mon esprit. Se peut-il, me demandai-je, qu'il soit invisible à d'autres yeux que les miens ? C'était comme si j'étais hanté. Immobile, le visage grave, il leva un peu ses mains vers moi en un geste qui voulait clairement dire, « Mon Dieu ! il s'en est fallu de peu ! » De très peu, en effet. Je crois avoir davantage approché la folie que tout homme qui n'en a pas bel et bien passé la frontière. Ce geste me retenait, pour ainsi dire.

Le second aux extraordinaires favoris était en train de changer d'amures. Pendant l'instant de profond silence qui suit le moment où les hommes ont rejoint leur poste, je l'entendis élever la voix sur la dunette : « La barre dessous toute ! » et le cri éloigné qui répercutait l'ordre sur le pont principal. Les voiles, sous cette brise légère, firent à peine entendre une palpitation. Celle-ci cessa. Le navire venait lentement dans le vent : je retenais mon souffle dans le calme revenu de l'attente ; jamais on n'aurait cru qu'il y avait âme qui vive sur ses ponts. Un ordre brusque et sec, « Hissez la grand-voile ! » rompit le charme, et tandis que les hommes se précipitaient avec des cris pour haler le bras de grand-vergue, nous deux, en bas dans ma cabine, nous nous retrouvâmes dans notre position habituelle, contre ma couchette.

Il n'attendit pas que je lui pose la question. « Je l'ai entendu fouiller par ici et j'ai tout juste eu le temps de m'accroupir dans la baignoire, chuchota-t-il. Le type n'a fait qu'ouvrir la porte et passer son bras pour accrocher le manteau. Tout de même…

— Je n'avais pas pensé à ça », lui répondis-je en chuchotant, encore plus épouvanté qu'avant à l'idée qu'il s'en était fallu de si peu, et émerveillé de l'opiniâtreté de son caractère qui lui permettait de si bien surmonter les émotions. Aucune agitation dans son murmure. Si quelqu'un se retrouvait bouleversé, ce n'était pas lui. Il avait toute sa raison. Et le chuchotement qu'il reprit était la preuve renouvelée de son bon sens.

« Je ne dois jamais revenir à la vie. »

Un spectre aurait pu dire la même chose. Mais il faisait allusion à son vieux capitaine, qui avait accepté à contre-cœur la théorie du suicide. Cela faisait évidemment son affaire – si j'avais bien compris la raison qui paraissait commander le dessein inaltérable de son action.

« Vous devez m'abandonner dès que vous passerez auprès de ces îles au large de la côte du Cambodge, poursuivit-il.

— Vous abandonner ! Nous ne vivons pas un récit d'aventures pour enfants », protestai-je. Son chuchotement dédaigneux poursuivit ma pensée.

« En effet, absolument pas ! Nous sommes loin d'un conte pour enfants. Mais il n'y a pas d'autre solution.

Je ne demande rien de plus. Vous ne pensez tout de même pas que j'ai peur de ce qu'on pourrait me faire ? La prison ou la pendaison ou tout ce qu'il leur plaira. Mais vous ne me voyez pas revenir et expliquer ces choses à un vieillard en perruque et à douze respectables négociants, non ? Comment le sauraient-ils, si je suis coupable ou pas – ou même de *quoi* je suis coupable ? C'est mon affaire. Que dit la Bible ? "Chassé de dessus la terre." Très bien je suis exclu de dessus la terre à présent. Je suis venu de nuit, de même je partirai.

— Impossible ! murmurai-je. Vous ne pouvez pas.

— Je ne peux pas ?… Non pas nu comme une âme le Jour du Jugement. Je ne lâcherai pas ce pyjama. Le Dernier Jour n'est pas encore là – et… vous avez parfaitement compris. N'est-ce pas ? »

J'eus tout à coup honte de moi. Je peux dire sincèrement que je comprenais – et mon hésitation à laisser cet homme quitter mon bord à la nage n'avait été qu'un sentiment factice, une sorte de lâcheté.

« Impossible maintenant, pas avant la nuit prochaine, lui dis-je dans un souffle. Les amures du navire l'éloignent de la côte et le vent nous fera peut-être défaut.

— Du moment que je sais que vous comprenez, murmura-t-il. Mais je n'en ai aucun doute. C'est une grande satisfaction d'avoir quelqu'un qui vous comprenne. On dirait que vous étiez là à dessein. » Et dans le même souffle, comme si, lorsque nous parlions, nous avions tous les deux des choses à nous dire que le monde ne devait pas entendre, il ajouta : « C'est vraiment merveilleux. »

Nous demeurâmes côte à côte, à parler à notre manière secrète – mais parfois silencieux ou n'échangeant qu'un mot ou deux dans un murmure de loin en loin. Et comme d'habitude il regardait fixement par le hublot. Un souffle de vent venait de temps en temps toucher nos visages. Le navire aurait très bien pu être amarré dans un bassin, tant sa course était égale, sans le moindre mouvement de sa quille, sur une eau qui ne chuchotait même pas à notre passage, ténébreuse et silencieuse comme une mer spectrale.

À minuit je montai sur le pont et, à la grande surprise de mon second, je fis changer d'amures. Ses terribles favoris voletaient autour de moi en signe de critique silencieuse. Je ne l'aurais certainement pas fait si le seul enjeu avait été de sortir d'urgence de ce golfe endormi. Je crois qu'il expliqua au lieutenant, qui vint le relever, que c'était une grossière erreur de jugement. L'autre se contenta de bâiller. Cet insupportable blanc-bec traînait la jambe d'un air tellement ensommeillé et s'appuyait au bastingage avec tant de nonchalance et d'insolence que je le réprimandai sévèrement.

« Vous n'êtes pas encore bien réveillé ?

— Si, capitaine ! Je suis réveillé.

— Eh bien alors, ayez l'obligeance de le montrer dans votre attitude. Et ouvrez l'œil. S'il y a du courant nous serons entraînés vers les îles avant le lever du jour. »

Des îles, certaines isolées, d'autres en groupes, frangent toute la côte est du golfe. Sur le fond bleu de la haute côte, elles semblent flotter sur des taches argentées d'eau calme, elles sont arides et grises, ou bien vert sombre et arrondies comme des touffes de buissons à feuilles persistantes, tandis que des plus grandes, longues d'un mille ou deux, on discerne le contour des crêtes, une structure osseuse de roche grise sous le manteau humide d'un feuillage enchevêtré. Inconnues des négociants, des voyageurs, presque même de la géographie, la vie qu'on y mène est un secret que personne n'a jamais percé. Il doit exister des villages – au moins des populations de pêcheurs – sur les plus grandes d'entre elles, et les embarcations indigènes leur permettent sans doute de rester en contact avec le monde. Mais toute cette matinée, alors que nous nous dirigions vers elles, poussés par la plus légère des brises, je ne vis aucun signe d'homme ou de barque dans le champ du télescope que je ne cessais de pointer vers le groupe épars.

À midi je ne donnai pas d'ordre de changement de cap, et les favoris du second palpitèrent beaucoup et parurent s'offrir excessivement à mon attention. Je finis par expliquer :

« Je vais m'approcher jusqu'à la terre. Jusqu'au bout – autant que le navire en est capable. »

L'expression d'extrême surprise ajouta à son regard un air de férocité et, pendant un instant, il eut un aspect vraiment terrifiant.

« Nous avançons assez mal au milieu du golfe, poursuivis-je avec désinvolture. Je vais chercher les brises de terre cette nuit.

— Que Dieu me garde ! Vous voulez dire, capitaine, dans le noir au beau milieu de toutes ces îles, de tous ces récifs et de tous ces bancs de sables ?

— C'est-à-dire – s'il existe des brises de terre régulières sur cette côte, il faut bien s'approcher du rivage pour les trouver, vous ne croyez pas ?

— Que Dieu me garde ! », s'exclama-t-il à mi-voix. Tout l'après-midi il garda un air rêveur et contemplatif, ce qui chez lui était le signe de la perplexité. Après le déjeuner je descendis dans ma chambre comme si je voulais me reposer un peu. Là, nous penchâmes nos têtes sombres au-dessus d'une carte marine à demi déroulée sur mon lit.

« Là, dis-je. C'est certainement Koh-ring. Je n'ai cessé de l'observer depuis le lever du jour. Il y a deux collines et une pointe basse. Elle doit être habitée. Et sur la côte, de l'autre côté, on dirait l'embouchure d'une assez grande rivière – et une ville, sans aucun doute, un peu plus haut. C'est à mon avis votre meilleure chance.

— Ça n'a pas d'importance. Koh-ring, si vous voulez. »

Il observa la carte d'un air pensif comme s'il calculait les chances et les distances depuis une grande hauteur – et suivait des yeux sa propre silhouette errant sur les terres muettes de la Cochinchine, avant de quitter ensuite cette feuille de papier pour disparaître dans les régions inexplorées. Et c'était comme si le navire avait deux capitaines pour décider de son cap. J'avais été tellement inquiet et agité, perpétuellement à monter sur le pont et à en redescendre, que je n'avais pas eu la patience de m'habiller ce jour-là. J'étais resté en pyjama, avec des pantoufles de raphia et un chapeau souple à larges bords. La chaleur lourde du golfe avait été extrêmement oppressante et l'équipage était habitué à me voir sur le pont dans cette tenue légère.

« Si le navire garde le cap, il doublera la pointe sud, lui chuchotai-je à l'oreille. Mais, Dieu seul sait à quel moment, certainement après la tombée de la nuit. Je vous amènerai jusqu'à un demi-mille, pour autant que je puisse en juger dans le noir…

— Faites attention », murmura-t-il avec sérieux – et je me rendis compte tout à coup que mon avenir tout entier, le seul avenir qui m'était ouvert, allait peut-être se briser irrémédiablement en mille morceaux s'il arrivait un accident lors de mon premier commandement.

Je ne pouvais pas rester un instant de plus dans la chambre. Je lui indiquai qu'il devait se dissimuler et montai sur la dunette. Ce blanc-bec sans entrain était de quart. Je parcourus le pont quelque temps en réfléchissant, puis lui fis signe de me rejoindre.

« Envoyez des hommes ouvrir les deux hublots du gaillard d'arrière », lui dis-je doucement.

Il eut bel et bien l'effronterie – mais peut-être un ordre aussi incompréhensible l'étonna-t-il à un point tel qu'il s'oublia un instant – de répéter :

« Ouvrir les hublots du gaillard d'arrière ! Mais pourquoi donc, capitaine ?

— Que je vous aie demandé de le faire devrait vous suffire. Qu'on les ouvre en grand et qu'ils soient bien attachés. »

Il rougit et s'en alla, mais je crois bien qu'en passant devant le charpentier, il lui fit quelque remarque désobligeante sur la meilleure façon d'aérer le quartier arrière d'un navire. Je sais qu'il passa par la cabine du second pour lui en faire part car les favoris apparurent, comme par hasard, et me jetèrent des coups d'œil depuis le pont principal – en quête de signes de folie ou d'ébriété, je suppose.

Un peu avant le dîner, me sentant plus agité que jamais, je rejoignis quelques instants mon autre moi-même. Le trouver assis là avec tant de calme me surprit comme un comportement inhumain, contre nature.

En quelques chuchotements précipités je lui expliquai mon plan.

« Je longerai la côte d'aussi près que je l'oserai avant de changer de cap. Je vais maintenant trouver un moyen de vous faire passer d'ici dans la soute à voiles, qui communique avec le vestibule. Mais il y a une ouverture, une sorte de trou carré pour haler les voiles, qui donne directement sur le gaillard d'arrière et qui n'est jamais fermée par beau temps, afin de les aérer. Quand le navire sera vent devant et aura amorti son erre, et que tous les hommes seront à l'arrière aux bras de grand-vergue, vous aurez la voie libre pour vous glisser dehors et quitter le navire par le hublot ouvert du gaillard d'arrière. J'ai demandé qu'ils soient attachés tous les deux. Laissez-vous descendre dans l'eau au bout d'un filin sans faire de bruit – vous comprenez. On pourrait vous entendre et nous aurions de sales complications. »

Il garda un moment le silence, puis chuchota : « Je comprends.

— Je ne serai pas là pour vous voir partir, commençai-je avec un effort. Le reste… J'espère seulement avoir compris, moi aussi.

— J'en suis certain. De bout en bout » – et pour la première fois il sembla se troubler, se tendre dans son murmure. Il me saisit le bras, mais le bruit de la cloche du dîner me fit sursauter. Pas lui, cependant ; il relâcha simplement sa prise.

Il était plus de huit heures quand je redescendis, après le dîner. La brise légère, régulière, était chargée de rosée et les voiles assombries par l'humidité en retenaient toute la force motrice. La nuit, claire et étoilée, scintillait obscurément et les taches opaques, obscures, qui passaient devant les étoiles basses étaient les îlots qui dérivaient. Par bâbord devant, une grande île, plus éloignée, s'imposait ténébreusement par la vaste étendue de ciel qu'elle éclipsait.

En ouvrant la porte je me vis moi-même de dos, occupé à examiner une carte. Il était sorti du renfoncement et se tenait près de la table.

« Il fait bien assez noir », chuchotai-je.

Il fit un pas en arrière et s'appuya sur mon lit en me regardant tranquillement, sans sourciller. Je m'assis sur le divan. Nous n'avions rien à nous dire. Au-dessus de nos têtes, l'officier de quart allait d'un bord à l'autre. Puis je l'entendis presser le pas. Je savais ce que cela signifiait. Il se dirigeait vers l'écoutille ; et peu après sa voix retentit à ma porte.

« Nous approchons rapidement, capitaine. La terre semble tout près.

— Très bien, répondis-je. Je monte tout de suite sur le pont. »

J'attendis qu'il eût quitté le vestibule pour me lever. Mon double bougea en même temps. Le moment était venu d'échanger nos derniers chuchotements, car nous n'allions plus jamais entendre la voix que la nature avait donnée à l'autre.

« Une minute ! » J'ouvris un tiroir et y pris trois souverains. « Prenez-les de toute façon. J'en ai six et je vous aurais bien tout donné, mais je dois garder un peu d'argent pour acheter des fruits et des légumes pour l'équipage aux barques indigènes quand nous franchirons le détroit de la Sonde. »

Il secoua la tête.

« Prenez-les, l'exhortai-je, en chuchotant désespérément. Nul ne sait ce qui… »

Il sourit et tapota l'unique poche de sa veste de pyjama. Elle n'était certainement pas très fiable. Mais je sortis un immense et vieux mouchoir en soie et, après avoir noué les trois pièces d'or dans un coin, je le lui tendis. Il était touché, je crois, car il finit par l'accepter et se l'attacha rapidement autour de la taille, sous la veste, à même la peau.

Nos yeux se croisèrent ; quelques secondes passèrent jusqu'à ce que, nos regards toujours mêlés, je tende la main pour éteindre la lampe. Alors je sortis dans la cabine arrière, laissant grande ouverte la porte de ma chambre… « Steward ! »

Il traînait encore dans l'office, pris par son grand zèle, astiquant un huilier argenté, sa dernière tâche avant d'aller se coucher. En veillant à ne pas réveiller le second, dont la cabine était en face, je lui parlai à voix basse.

Il se retourna avec inquiétude. « Capitaine !

— Pouvez-vous aller me chercher un peu d'eau chaude à la cuisine ?

— J'ai bien peur, capitaine, que le feu de la cuisine n'ait été éteint depuis un moment.

— Allez voir. »

Il monta l'escalier quatre à quatre.

« Maintenant », murmurai-je, assez fort, en direction du salon – trop fort peut-être, mais j'avais peur de ne pouvoir émettre le moindre son. Il fut immédiatement à mes côtés – le double capitaine passa devant l'escalier – prit un étroit passage sombre... puis une porte coulissante. Nous étions dans la soute à voiles, avançant à genoux sur les voiles. Une idée envahit tout à coup mon esprit. Je me vis errer pieds nus, tête nue, le soleil tapant sur ma tête sombre. J'arrachai mon chapeau de toile et tentai, dans le noir, de l'enfoncer à la hâte sur la tête de mon autre moi-même. Il esquiva et se défendit en silence. Je me demande ce qu'il pensa de mon geste avant de comprendre et d'abandonner immédiatement la lutte. Nos mains se trouvèrent à tâtons, restèrent unies une seconde en une étreinte ferme et immobile... Pas un mot ne fut prononcé par l'un ou par l'autre lorsqu'elles se séparèrent.

J'étais tranquillement debout à la porte de l'office quand le steward revint.

« Excusez-moi, capitaine. La bouilloire est à peine tiède. Voulez-vous que j'allume le réchaud à alcool ?

— Pas d'importance. »

Je montai lentement sur le pont. Serrer la terre d'aussi près que possible devenait maintenant une question de conscience – car à présent il devait se jeter à l'eau dès que le navire amortirait son erre. Devait ! Il ne pouvait plus reculer maintenant. Un instant plus tard j'allai du côté sous le vent et j'eus un serrement de cœur lorsque je vis devant nous à quel point la côte était proche. En toute autre circonstance je n'aurais pas gardé le cap une minute de plus. Le lieutenant m'avait suivi, plein d'inquiétude.

Je continuai à regarder, le temps d'être certain que ma voix m'obéirait.

« Il trouvera le vent, dis-je alors d'un ton tranquille.

— Vous voulez vraiment essayer, capitaine ? »

Je ne lui prêtai aucune attention et élevai la voix juste assez pour que l'homme de barre m'entendît.

« Portez bien plein.

— Bien plein, capitaine. »

Le vent m'effleurait la joue, les voiles dormaient, le monde était silencieux. La tension que je ressentais à observer l'immense silhouette de la côte grandir et s'épaissir était devenue intolérable. J'avais fermé les yeux – parce que le navire devait serrer encore plus près. Il le fallait ! Le calme était insupportable. Étions-nous immobiles ?

Lorsque j'ouvris les yeux, ce que je vis alors me fit violemment battre le cœur. La colline noire au sud de

Koh-ring paraissait suspendue directement au-dessus du navire comme un fragment démesuré de la nuit éternelle. Sur cette énorme masse de ténèbres on ne voyait pas une lueur, on n'entendait pas un bruit. Elle glissait irrésistiblement vers nous et paraissait pourtant déjà à portée de main. J'aperçus les silhouettes indistinctes de l'équipe de quart groupées sur l'embelle, regardant dans un silence terrifié.

« Vous continuez, capitaine ? » demanda une voix mal assurée tout contre moi.

Je l'ignorai. Je devais continuer.

« Portez plein. Et ne brisez pas son erre. Surtout pas, dis-je en guise d'avertissement.

— J'ai du mal à discerner les voiles », me répondit l'homme de barre, d'un ton étrange, tremblant.

Le navire était-il suffisamment proche ? Déjà il était, je ne dirais pas dans l'ombre de la côte, mais au centre même de ses ténèbres, déjà englouti pour ainsi dire, trop près pour pouvoir reculer, m'ayant définitivement échappé.

« Appelez le second, dis-je au jeune homme qui se tenait tout contre moi, aussi immobile que la mort. Et faites monter tout l'équipage sur le pont. »

Ma voix avait une force empruntée que me renvoyait la hauteur de la montagne. Plusieurs voix crièrent en même temps. « Nous sommes tous sur le pont, capitaine. »

Puis, de nouveau, le silence, et la grande ombre qui s'approchait de plus en plus, qui nous surplombait d'encore plus haut, sans une lumière, sans un bruit. Un tel silence s'était abattu sur le navire qu'il aurait très bien pu être une barque des morts dérivant lentement vers la porte même de l'Érèbe.

« Mon Dieu ! Où sommes-nous ? »

C'était le second qui geignait à mes côtés. Il était sidéré, et pour ainsi dire privé du soutien moral de ses favoris. Il frappa dans ses mains et cria réellement, « Perdus !

— Taisez-vous », lui dis-je avec sévérité.

Il baissa la voix, mais je vis l'ébauche d'un geste de désespoir. « Que faisons-nous ici ?

— Nous cherchons le vent de terre. »

Ou eût dit qu'il tentait de s'arracher les cheveux et il s'adressa à moi sans réfléchir.

« Il ne s'en sortira jamais. Eh bien, vous avez gagné, capitaine. Je savais que ça allait se terminer comme ça. Le navire ne trouvera pas le vent et vous êtes trop près maintenant pour virer. Il dérivera jusqu'à la côte avant de virer de bord. Ô mon Dieu ! »

Je saisis son bras alors qu'il le levait pour frapper sa pauvre tête dévouée, et le secouai violemment.

« Il est déjà au rivage, se lamenta-t-il en cherchant à m'échapper.

— Ah bon ?… Portez toujours bien plein là-bas !

— Bien plein, capitaine », cria l'homme de barre d'une voix d'enfant, ténue, effrayée.

Je n'avais pas lâché le bras du second et continuais à le secouer. « Paré à virer, m'entendez-vous ? Allez à l'avant » – secousse – « et restez-y » – secousse – « et fermez-la » – secousse – « et vérifiez que ces écoutes sont correctement affalées » – secousse, secousse – secousse.

Et tout ce temps je n'osais pas regarder vers la côte de peur de perdre mon courage. Je relâchai enfin ma prise et il courut vers l'avant comme s'il craignait pour sa vie.

Je me demandai ce que mon double, là dans la soute à voiles, pensait de ce remue-ménage. Il pouvait tout entendre – et peut-être pouvait-il comprendre pourquoi, en mon âme et conscience, il fallait tant se rapprocher de la côte – pas moins. Mon premier ordre, « La barre dessous toute ! », fut renvoyé de façon inquiétante par l'ombre en surplomb de Koh-ring comme si j'avais hurlé dans un défilé montagneux. Et je scrutai alors attentivement la côte. Sur cette eau lisse et avec ce vent léger, il était impossible de sentir le navire virer. Non ! Je ne pouvais pas le sentir. Et mon second moi-même s'apprêtait maintenant à quitter le bord, à se laisser glisser dans l'eau. Peut-être était-il déjà parti… ?

La grande masse noire qui pesait jusque sur les pointes de nos mâts commença à pivoter en silence en s'éloignant de notre bord. Et j'oubliai alors l'étranger secret prêt à partir, je savais seulement que j'étais totalement étranger au navire. Je ne le connaissais pas. Y arriverait-il ? Comment fallait-il le manier ?

Je fis brasser la grand-vergue et attendis, impuissant. Peut-être le navire était-il en panne et son destin même était-il en jeu, avec la masse noire de Koh-ring surplombant son couronnement, telle la porte de la nuit éternelle. Qu'allait-il faire maintenant ? Avait-il encore de l'erre ? Je m'approchai précipitamment du bord, mais sur l'eau sombre je ne pouvais rien voir à l'exception d'une vague lueur phosphorescente qui révélait le poli de verre des eaux dormantes. Impossible de savoir – et je n'avais pas encore appris à sentir mon bateau. Avançait-il ? Il m'aurait fallu quelque chose de bien visible, un morceau de papier que j'aurais pu jeter par-dessus bord et observer. Je n'avais rien sur moi. Courir en chercher en bas, je n'osais pas le faire. Je n'en avais pas le temps. Tout à coup mon regard tendu, aiguisé, distingua un objet blanc qui flottait à un mètre environ du flanc du navire. Blanc sur l'eau noire. Un éclair phosphorescent passa en dessous. Qu'était-ce ?... Je reconnus mon chapeau de toile. Il avait dû tomber de sa tête... et il n'avait pas cherché à le rattraper. J'avais maintenant ce que je cherchais – un repère salvateur à observer. Mais ce fut à peine si je pensai à mon autre moi-même, qui maintenant avait quitté le navire, pour être à jamais caché aux regards amis, pour être un fugitif et un vagabond sur cette terre, sans qu'une marque de malédiction ne soit gravée sur son honnête front pour arrêter une main assassine… trop fier pour expliquer.

Et j'observai le chapeau – le témoignage de ma pitié soudaine pour sa chair sans défense. Il avait été destiné à protéger cette tête sans toit des dangers du soleil. Et à présent – voyez – il protégeait le navire, en me servant de repère, en palliant mon ignorance d'étranger. Ah ! Il dérivait vers l'avant, m'avertissant juste à temps que le navire commençait à culer.

« Changez la barre », dis-je à voix basse au marin qui se tenait là, aussi immobile qu'une statue.

Les yeux de l'homme brillèrent sauvagement dans la lumière de l'habitacle lorsqu'il bondit de l'autre côté et fit tourner la roue.

J'avançai jusqu'au fronteau de dunette. Dans l'obscurité du pont, tous les hommes se tenaient devant les bras de misaine et attendaient mon ordre. Les étoiles devant nous paraissaient glisser de droite à gauche. Et le monde entier était si calme que j'entendis deux matelots remarquer à voix basse : « Il a viré », avec un sentiment d'intense soulagement.

« Largue, halez. »

Les vergues de misaine pivotèrent dans un grand bruit, au milieu des cris réjouis. Et alors les terribles favoris se firent entendre et donnèrent des ordres variés. Déjà le navire avançait. Et j'étais seul avec lui. Rien ! personne au monde ne pourrait maintenant s'interposer entre nous et jeter une ombre sur le chemin de la connaissance silencieuse et de l'affection muette, la communion parfaite d'un marin avec son premier commandement.

Je m'approchai du couronnement, juste à temps pour discerner, au bord même des ténèbres que projetait une masse noire démesurée semblable à la porte même de l'Érèbe – oui, j'arrivai à temps pour entrevoir fugitivement mon chapeau blanc qui était resté en arrière et marquait l'endroit où le compagnon secret de ma cabine et de mes pensées, tel un autre moi-même, s'était laissé glisser dans l'eau afin de subir son châtiment : homme libre, fier nageur, il s'élançait vers un nouveau destin.

Le Double

Deux ans avant d'écrire *Le Compagnon secret*, Joseph Conrad se plaignait des stéréotypes qu'utilisaient les critiques pour qualifier son œuvre : « J'espère ne pas vous paraître présomptueux si je vous fais remarquer que, après vingt-deux années de travail, je suis rarement bien compris. On a dit que j'étais un écrivain de la mer, des tropiques, un écrivain descriptif, un écrivain romantique – et aussi un réaliste. » Non qu'il ait réfuté ces catégories – son œuvre les illustre toutes –, mais ce dont il se plaignait c'est qu'on lui refuse la qualité de maître du symbole et du « mot juste », d'explorateur des profondeurs de la psyché, l'honneur d'être compté parmi les plus grands écrivains de ce début de siècle. Pour preuve cette longue nouvelle, *Le Compagnon secret* : le portrait d'un homme saisi au moment où son double ne peut que lui apparaître, le récit des quelques jours de leur vie commune et secrète, le départ du compagnon. Le double et la culpabilité sont deux thèmes récurrents des plus grands livres de Conrad : *Lord Jim, Au cœur des ténèbres, Nostromo, L'Agent secret, Le Nègre du Narcisse*.

Pour *Le Compagnon secret*, Conrad s'est inspiré d'un fait véridique, le meurtre d'un marin par le second du *Cutty Sark*, en 1880. Mais, ici, Conrad minimise la culpabilité du second, Leggatt, car s'il est vrai que ce dernier a manqué à son devoir d'officier et ne peut plus se voir confier de responsabilités, il n'en a pas moins sauvé le navire, et la culpabilité réelle est endossée par le capitaine qui recueille Leggatt, lui permet de s'échapper et, ce faisant, met en danger non seulement son navire mais aussi la vie de son équipage (dans la réalité, le capitaine s'était suicidé après avoir couvert la fuite de son second, qui avait été, plus tard, condamné à sept ans de prison).

Dans *Lord Jim*, dans *Au cœur des ténèbres* et dans *L'Agent secret*, utilisations antérieures du thème du double, Conrad n'avait pas résolu le conflit entre l'homme et son double ; l'ambiguïté de l'opposition des deux personnages restait entière ; en revanche, dans *Le Compagnon secret*, le capitaine, en permettant à son double de partir « errer sur la terre », s'en débarrasse et peut enfin se consacrer à sa tâche véritable : « Personne au monde ne pourrait maintenant se mettre entre nous [le capitaine et son navire] et jeter une ombre sur le chemin de la connaissance silencieuse et de l'affection muette, la communion parfaite d'un marin avec son premier commandement. » Il se trouve que les livres postérieurs à cette nouvelle sont moins riches, qu'il leur manque ce pessimisme qui hantait les romans cités plus haut. Comme si Conrad avait finalement jeté par-dessus bord la culpabilité, le doute.

Cette nouvelle suit une ligne qui vient de Melville (*Benito Cereno, Bartleby, Billy Bud*) et qu'on retrouve plus tard dans *La Méprise* de Nabokov. Comme chez Dickens, les personnages secondaires sont décrits à l'aide de quelques traits ironiques qui suffisent à faire leur portrait. Un autre parallèle existe aussi entre Conrad et Nabokov : dans *Le Compagnon secret*, le capitaine voit dans Leggatt un double exact de lui-même : « C'était, dans la nuit, comme si je me retrouvais confronté à mon propre reflet dans les profondeurs d'un immense et sombre miroir. » Dans *La Méprise*, Hermann se dit, en voyant un vagabond : « Il apparut à mes yeux comme mon double, c'est-à-dire comme un être qui m'était physiquement identique. » Les deux doubles, eux, ne se rendent pas compte de cette ressemblance et on apprend plus tard qu'elle n'existe que pour le capitaine et pour Hermann, qu'ils ont tous deux besoin d'habiller leur double de leurs vêtements pour créer cette ressemblance.

La plus grande réussite de Conrad est son utilisation de l'ellipse. Rien n'est dit, c'est à la relecture qu'on s'aperçoit que la nouvelle est – comme chez Melville – d'un très riche symbolisme. Leggatt pénètre dans le navire comme Jonas dans sa baleine ; comme Jonas, il est recraché. Le capitaine de la *Séphora*, l'homme de la loi, c'est l'autorité de la lettre, les tables de la Loi (Séphora, dans la Bible, est l'épouse de Moïse). Et il y a la description du cadre de cette rencontre entre les doubles, cette scène presque nue, le calme plat, la mer de verre du début, au moment où le capitaine se sent étranger au navire – « et s'il faut dire toute la vérité, j'étais quelque peu étranger à moi-même ». C'est au centre de cette horizontalité dénuée de détails, de cette étrangeté, qu'apparaît Leggatt ; en revanche, lorsque ce dernier quitte le navire, « la colline noire au sud de Koh-ring paraissait suspendue directement au-dessus du navire comme un fragment démesuré de la nuit éternelle ».

BERNARD HŒPFFNER

Vie de
Joseph Conrad

3 décembre 1857. Naissance de Joseph Conrad
(Jósef Teodor Konrad Nalecz Korzeniowski), à Berdit-
chev, en Podolie (Pologne ukrainienne). Ses parents,
patriotes polonais, luttent contre la partition de la
Pologne entre la Russie et l'Allemagne.

1861-1869. Son père, aristocrate et écrivain, est
arrêté, puis exilé en Russie du Nord où il part avec sa
famille. Sa mère meurt en 1865, son père quatre
années plus tard.

1869-1874. Joseph Conrad est élevé à Cracovie par
son oncle, Tadeusz Bobrowski. Il lit de nombreux
romans d'aventures (Victor Hugo, le capitaine Marryat,
James Fenimore Cooper, etc.), et rêve de devenir explorateur : alors qu'il n'était encore qu'un enfant et qu'il
regardait un globe terrestre, il posa son doigt au centre
même, alors encore entièrement blanc, de l'Afrique et
annonça qu'un jour il se rendrait là.

1874-1877. À Marseille (il parle très bien le français), il s'engage comme aspirant dans la marine marchande. Il part aux Antilles, puis en Amérique du Sud, d'abord comme mousse puis comme steward. Il fait de la contrebande d'armes en faveur des carlistes espagnols à bord du *Tremolino*.

1878-1880. Matelot sur le *Mavis*, le *Skimmer of the Seas*, le *Duke of Sutherland*. Conrad entend parler des affaires du *Jeddah* et du *Cutty Sark* – dont il se servira, respectivement, pour *Lord Jim* et pour *Le Compagnon secret*.

1881-1885. Lieutenant sur un vieux trois-mâts, le *Palestine*, qui prend feu et coule au large de la côte de Java, il utilisera cette histoire dans *Jeunesse*. Lieutenant sur le *Riversdale*, le *Narcissus* et le *Tilkhurst*.

1886. Il obtient le brevet de capitaine au long cours et prend la nationalité britannique.

1887-1893. Alors qu'il est second sur le *Highland Forest*, des douleurs dorsales l'obligent à passer six semaines à l'hôpital de Singapour – séjour qu'il évoquera plus tard dans *Lord Jim*. Lieutenant sur un vapeur, le *Vidar*, qui cabote entre Singapour et Bornéo. Son premier et unique commandement, sur l'*Otago*, servira de point de départ au *Compagnon secret*. En 1889, il entreprend la rédaction de *La Folie-Almayer*; étrangement, c'est dans les marges de son exemplaire français de *Madame Bovary* qu'il écrit les premières pages de son roman en anglais. Après être allé chercher du travail en Belgique, il accepte de commander « une boîte de sardines munie d'un gouvernail arrière » sur le fleuve Congo ; il tient un journal, dont il s'inspirera pour écrire *Au cœur des ténèbres* (1902). Il quitte son dernier navire, le *Torrens*, sur lequel il était second.

1894-1913. Encouragé par l'écrivain Edward Garnett, Conrad s'installe en Angleterre pour écrire et termine *La Folie-Almayer* (1895). En 1896, il épouse Jessie George et la même année publie son deuxième roman, *Un paria des îles*, suivi peu après par *Le Nègre du Narcisse* et *Inquiétude*. Ses livres sont fort appréciés par les critiques mais se vendent assez mal et, jusqu'en 1913, date de la parution de son premier succès populaire, *Fortune*, Conrad est couvert de dettes. Il se lie d'amitié avec de nombreux écrivains : John Galsworthy, Stephen Crane, Henry James, Bertrand Russell et Ford Madox Ford. C'est avec ce dernier qu'il écrit deux romans : *The Inheritors* (1901) et *Romance* (1903).

La période entre 1900 et 1913 est celle de ses plus grands livres : *Lord Jim* (1900), *Typhon* (1903), *Nostromo* (1904), son chef-d'œuvre, *L'Agent secret* (1907), *Sous les yeux de l'Occident* (1911) – ces deux derniers romans n'ayant aucun rapport avec la mer –, et *Le Compagnon secret*, publié en magazine en 1910.

1914-1924. Conrad fait un voyage en Pologne avec sa femme et ses deux fils en 1914. Il est souvent malade, mais continue à écrire. Il publie *Victoire* en 1915, ainsi que plusieurs livres d'essais et de souvenirs. Avec *La Flèche d'or* (1919) et *La Rescousse* (1920), il retourne à ses premières amours, le roman d'aventure maritime, tandis que ses deux derniers romans, *The Rover* (1923) et *Suspense*, inachevé et publié après sa mort, ont pour thème la guerre des frégates dans la Méditerranée au temps de Napoléon Ier, sans doute en référence à ses premières lectures, les romans du capitaine Marryat. Le 3 août 1924, Joseph Conrad meurt dans le Kent et est enterré à Canterbury. Ford Madox Ford a laissé un portrait de son ami, publié deux semaines plus tard dans le *Journal littéraire* : « Jusqu'à sa mort il a parlé anglais avec un accent méridional français qui le rendait presque incompréhensible à tout Anglais qui ne parlait pas un peu le français : il pensait, il me l'a avoué pour la dernière fois en mai de cette année, toujours en français. »